Texte : Justina Ireland.

Traduction : Julien Bétan.
Conception graphique du roman : Audrey Thierry.

Hachette Livre, 58 rue Jean-Bleuzen 92178 Vanves Cedex.

STAR WARS
LA HAUTE RÉPUBLIQUE
UNE ÉPREUVE DE COURAGE
Avant la saga
100 % INEDIT
Skywalker
hachette
JEUNESSE

STAR WARS CHRONOLOGIE

LA HAUTE RÉPUBLIQUE

LA CHUTE DES JEDI

La Menace Fantôme

L'Attaque des Clones

The Clone Wars

La Revanche des Sith

LE RÈGNE DE L'EMPIRE

Solo: A Star Wars Story

L'ÈRE DE LA RÉBELLION

Rebels

Rogue One: A Star Wars Story

Un Nouvel Espoir

L'Empire contre-attaque

Le Retour du Jedi

LA NOUVELLE RÉPUBLIQUE

The Mandalorian

L'ASCENSION DU PREMIER ORDRE

Resistance

Le Réveil de la Force

Les Derniers Jedi

L'Ascension de Skywalker

À 16 ans, Vernestra vient d'accéder au rang de Chevalier Jedi. Un privilège rare pour une fille de son âge. Mais la Mirialan a travaillé dur pour en arriver là. Et elle compte bien consacrer le reste de ses jours à servir l'Ordre Jedi.

VERNESTRA

IMRI

Peu sûr de lui, ce jeune Padawan doute encore de ses capacités à devenir Chevalier Jedi. Pourtant, il possède un don précieux : il perçoit les émotions et les pensées des autres mieux que personne.

AVON

J-6

Rebelle et insouciante,
la fille de la Sénatrice Starros
est passionnée par la science.
Elle rêve de devenir le plus
grand inventeur de la galaxie.
Et ce n'est pas J-6, sa droïde
de protocole améliorée,
qui dira le contraire !

HONESTY

Honesty est le fils
d'un ambassadeur dalnan.
Tandis que ses parents
l'incitent à voyager et
à explorer la galaxie,
lui n'a qu'un seul objectif :
retourner sur Dalna pour
s'engager dans l'armée.

La galaxie est en paix, placée sous le règne de la glorieuse RÉPUBLIQUE ainsi que sous la protection des nobles et sages CHEVALIERS JEDI.
Symbole du bien sous toutes ses formes, le FLAMBEAU STELLAIRE est sur le point d'être inauguré par la République aux confins de la Bordure Extérieure. Cette nouvelle station spatiale projettera dans toute la galaxie une lueur d'espoir.
Mais tandis que la République tout entière connaît une glorieuse renaissance, un nouvel adversaire effrayant déploie ses forces. Les gardiens de la paix et de la justice doivent dès lors faire face à un péril qui menace l'Ordre, la galaxie et la Force elle-même....

PROLOGUE

Klinith Da pose précautionneusement le transport de marchandises volé en marge de la baie d'amarrage, pendant que Gwishi, son partenaire, fouille les compartiments voisins, cherchant le manifeste du vaisseau. Dépouiller les plus faibles est un mode de vie fort agréable, mais qui comporte parfois quelques tracasseries, comme lorsque certains fonctionnaires stupides font du zèle. Habituellement, Klinith ne se soucie pas de ce genre de choses : en tant qu'humaine dans une galaxie remplie d'espèces plus fortes, elle sait se débrouiller toute seule. Cependant, ils sont censés faire profil bas : éliminer les indésirables à coups de blaster est malheureusement hors de question.

– Ils vont vouloir des documents officiels ? demande-t-elle en écartant une mèche de cheveux magenta de son visage.

Elle surprend son reflet sur un panneau latéral brillant. Elle est méconnaissable. Elle a retiré tous ses piercings et la combinaison qu'elle porte cache ses marques de Foudre – les tatouages qui indiquent aux autres Nihil son équipage et sa carrière de pirate –, mais elle refuse de toucher à ses cheveux. Elle reste une Nihil, même quand elle se fait passer pour quelqu'un d'autre.

Au bout d'un moment, elle sort son fil argenté de sa poche et le passe dans les trous de sa lèvre inférieure. C'est un peu mieux ainsi, moins bizarre.

– Dans un endroit aussi isolé, je ne pense pas qu'ils se soucient de la paperasse, répond l'Aqualish, dont la maîtrise très limitée du basic donne un ton rauque à chacun de ses mots.

– La République ne contrôle pas cette région de la galaxie. Pour l'instant, dit Klinith.

Comme elle, Gwishi porte une simple combinaison qui couvre ses marques de Foudre, à l'exception d'une vilaine balafre sur le côté droit de son visage, là où il a reçu une décharge de blaster. La ligne brisée, qui traverse son œil inférieur et descend jusqu'à l'une de ses défenses, émet toujours une lueur bleutée. De l'encre a été versée dans la plaie pendant qu'elle cicatrisait, pour indiquer que si Gwishi a été grièvement blessé, le responsable n'aura plus jamais l'occasion de recommencer.

Les Nihil font payer leurs torts à la puissance trois.

Klinith prend son blaster et ses couteaux – ces derniers sont souvent la meilleure solution, quand il s'agit de rester discret – et les range dans sa boîte à outils. Gwishi ramasse son pistolet, son masque et une bonbonne de gaz ovax, qu'il place dans sa propre boîte, avec le reste de son équipement. Le gaz va servir à neutraliser les mécaniciens du *Steady Wing*, ce paquebot de luxe que les pirates ont suivi jusqu'à Port-Haileap, un poste avancé isolé, à la lisière du Secteur Dalnan.

Le plan est simple. On leur a donné l'ordre de s'introduire à bord du *Steady Wing* et de le saboter, en s'assurant qu'il n'y ait aucun survivant. Le vaisseau doit embarquer quelqu'un d'important pour la République à Port-Haileap, et les Nihil veulent que la République sache qu'elle n'est pas la bienvenue dans ce coin de la galaxie.

Ni maintenant ni jamais. La République n'est pas bonne pour les affaires.

Avant de débarquer, Klinith fait demi-tour et prend un autre blaster, plus petit, qu'elle glisse dans sa botte. Parfois, les choses tournent mal et des gens sont blessés. C'est la partie qu'elle préfère.

Après une courte marche dans la jungle épaisse, parmi les gros acacias couverts de mousse bleue, la station d'amarrage apparaît, débordante d'activité. Klinith a volontairement choisi un endroit isolé pour se poser, afin qu'ils puissent entrer sans être repérés. Ils veulent éviter qu'on leur pose trop de questions. Manifeste ou pas, mieux vaut éviter d'attirer l'attention.

– Il est juste là, dit Gwishi en montrant un énorme vaisseau, qui occupe presque tout le terrain d'atterrissage.

L'engin est au moins dix fois plus gros que le transport de marchandises qu'ils ont volé. Klinith l'observe avec une pointe d'appréhension.

– Par les sept lunes de Genetia, comment sommes-nous censés détruire ça? demande-t-elle.

Gwishi soupire.

– De l'intérieur. Tu es une Nihil. Comporte-toi comme telle et cesse de t'inquiéter.

– Je ne m'inquiète pas.

Elle n'a aucun problème avec cette mission; simplement, elle lui paraît plus sérieuse que les précédentes, comme si elle avait eu une promotion. Et si cette mission est un succès, ce sera sûrement le cas. Elle s'élèvera au sein des Nihil, assez peut-être pour rendre directement des comptes à Kassav.

Tandis qu'ils approchent du vaisseau, elle sourit en pensant à la suite. Tout le monde parlera de la destruction du *Steady Wing*.

– C'est excitant : ça va être monumental. Je suis juste déçue qu'on n'ait rien à écrabouiller.

Gwishi la regarde sans ciller.

– Viens, allons-y.

L'endroit grouille de voyageurs venus d'une multitude de systèmes différents. Dernière étape avant des régions inconnues et extrêmement dangereuses de la galaxie, Port-Haileap, comme tous les spatioports situés à la frontière de l'espace civilisé, est un lieu où les vaisseaux font le plein de carburant, où les gens prennent des nouvelles de chez eux et se reposent un peu avant d'embarquer sur un vaisseau bondé. Constitué d'une grande aire d'atterrissage, où s'amassent vivres et équipements, et entouré de magasins, l'endroit ressemble à tous les postes avancés que Klinith a déjà vus, à l'exception des acacias géants qui apparaissent au loin, entaillant le ciel violet de leurs cimes vertes. Des humains, des Trandoshans, des Pantorans et d'autres encore, circulent parmi la foule, se rendant dans l'un des magasins qui bordent la zone d'atterrissage. Klinith remarque un panneau publicitaire pour une salle de jeu, dans un hall éloigné, et ses doigts la démangent. Cela fait un moment qu'elle n'a pas eu l'occasion de jouer au rykestra, ce jeu de dés populaire. Mais elle a d'autres préoccupations plus importantes pour l'instant.

Klinith et Gwishi se frayent un chemin jusqu'à la rampe d'embarquement du *Steady Wing*. Les gardes de la République postés en haut de la passerelle sont en train de rire et ne prêtent pas attention aux pirates qui passent devant eux. Les deux complices se mêlent parfaitement aux autres mécaniciens qui montent et descendent du paquebot de luxe. Une fois qu'ils sont à bord, Gwishi tape dans le dos de Klinith.

– Trop facile, dit-il.

Il a raison.

Tandis qu'ils traversent le hall d'entrée, Klinith sent monter en elle une colère familière. L'endroit est somptueux, avec de superbes sols dorés et des murs argentés, où un écran affiche des motifs floraux, qui changent régulièrement. Elle tente d'imaginer à quoi peut ressembler un séjour sur ce genre de vaisseau. Elle n'y arrive pas, ce qui l'énerve encore plus que tout le reste. Elle a hâte de détruire le *Steady Wing*, de voir sa beauté se briser dans le vide de l'espace.

Klinith, qui suit Gwishi, s'arrête lorsqu'il indique une plaque sur le mur. Le paquebot est si vaste que, de loin en loin, des cartes indiquent comment rejoindre les différentes zones de l'appareil.

– C'est là que je dois aller, dit-il en montrant un endroit vierge et en tapotant sa lourde boîte à outils. Je vais y laisser quelques surprises. De ton côté, assure-toi que les capsules de sauvetage soient inutilisables. Il ne doit y avoir aucun survivant. En comparaison, cette catastrophe doit faire passer celle du *Legacy Run* pour une promenade de santé.

Avant que Klinith puisse répondre, Gwishi se détourne et s'en va, la laissant localiser seule les capsules de sauvetage. Elle met un petit moment à déchiffrer le plan – elle ne sait pas très bien lire et il semble volontairement compliqué –, puis comprend que les capsules se trouvent sur un autre pont.

Quand Klinith arrive à l'endroit indiqué, elle s'aperçoit qu'elle n'est pas seule. Un droïde de maintenance circule en bourdonnant dans la baie. Il s'arrête en la voyant entrer.

– Vous êtes là pour vérifier les capsules ? demande-t-il.

Il ressemble à une petite boîte hérissée de multiples bras.

– Oui, mais nous devons les mettre à jour. Coupe la comm et les systèmes de navigation.

Le droïde roule d'avant en arrière en analysant sa requête.

– Je n'ai pas reçu de telles instructions. Je dois actualiser mes flux pour recevoir de nouvelles instructions.

Un gros hydrocompresseur est accroché au mur. Klinith le saisit et le soupèse.

– Oh, j'ai ta mise à jour, elle est juste là !

Elle abat le compresseur sur le droïde, encore et encore, jusqu'à ce qu'il soit réduit à un tas de pièces détachées. La Nihil sourit en contemplant les dégâts qu'elle a occasionnés.

Finalement, elle a pu écrabouiller quelque chose.

JEDI

CHAPITRE 1

Vernestra Rwoh contemple le vaisseau resplendissant sur la baie d'amarrage. Elle prend la mesure de la tâche qui l'attend, avec une excitation mêlée de crainte. C'est sa première mission pour le Conseil Jedi et la première qu'elle effectue en tant que Chevalier Jedi. Elle rêve de ce jour depuis qu'elle est Padawan, et comme elle est récemment devenue Chevalier, cela lui semble trop beau pour être vrai – même si sa mission consiste simplement à protéger la fille d'une sénatrice. Faire du baby-sitting peut paraître indigne d'une Jedi, mais Vernestra ne compte pas se laisser abattre pour si peu !

Le paquebot de luxe a été affrété par la Chancelière en personne. Superbe et majestueux, il surplombe tous les autres vaisseaux de Port-Haileap. Sa coque argentée, aux courbes effilées, brille comme un poisson mael échoué sur la plage. Le *Steady Wing* s'enorgueillit de seize ponts, de trois jardins d'agrément, d'un étage entièrement dédié aux jeux, et même d'une grandiose salle à manger d'un millier de places. Vernestra n'a jamais rien vu d'aussi luxueux, même si Port-Haileap accueille régulièrement des vaisseaux des plus grandes lignes de croisière, comme Galaxy Tours, ThrillSpace Travels ou Chandrila Star Lines, des yachts affrétés par des ambassadeurs visitant des planètes lointaines, ou les appareils d'aventuriers en route pour explorer les régions inconnues et découvrir de nouvelles planètes.

Le *Steady Wing* est complètement différent, c'est un paquebot digne de recevoir une délégation importante.

Vernestra ajuste son tabard, cette tunique sans manches dont l'ourlet orné de motifs dorés et lumineux indique qu'elle est un Chevalier du temple d'Hynestia. Elle remue, mal à l'aise dans ce vêtement, plus luxueux que ceux qu'elle a l'habitude de porter. Port-Haileap est un endroit rude, où Vernestra se contente au quotidien d'un pantalon ivoire et d'une tunique dorée. Un poste avancé comme Port-Haileap se passe des formalités. La petite enclave de civilisation taillée dans la forêt d'acacias géants n'est là que pour permettre aux transports au long cours de se ravitailler en vivres et en carburant : les visiteurs n'ont que faire de l'apparence d'un Chevalier Jedi. Cependant, le *Steady Wing* est en partance pour l'inauguration du Flambeau Stellaire, le plus grand accomplissement de la glorieuse République, et après cette importante occasion, il va retourner sur Coruscant avec une délégation venue de la proche Dalna. Vernestra ne peut pas se présenter simplement vêtue d'ivoire. C'est pourquoi elle se retrouve affublée de cette tenue de luxe, vaguement inconfortable.

La simple évocation du Flambeau Stellaire chasse ses appréhensions : elle va accomplir sa mission et faire honneur aux Jedi. Depuis aussi longtemps qu'elle s'en souvienne, cette gigantesque station spatiale, qui fait à la fois office de temple et d'étape pour la République, est en construction. Lorsque Vernestra était novice, elle a entendu ses aînés parler du Flambeau, comme on l'appelle communément. Il doit améliorer les conditions de vie dans la galaxie, notamment pour les planètes éloignées du Noyau. De meilleurs moyens de communication, un soutien accru de la part de la République… Le Flambeau Stellaire va tout changer. La station, située dans les régions sauvages de la Bordure Extérieure, va servir de havre de paix, de phare dans les ténèbres. Vernestra a de la chance de pouvoir s'y rendre.

Elle est fière d'être une Jedi et heureuse que la Force lui ait fourni cette opportunité. Elle essaie de ne pas se laisser submerger par l'orgueil, car elle sait que la Force a autant compté que son travail acharné. Toutefois, tandis qu'elle contemple le *Steady Wing* et pense à son avenir proche, elle a du mal à rester humble.

À sa décharge, Vernestra vient de vivre une année éprouvante. Sur les recommandations de son maître, elle s'est présentée aux épreuves de la Chevalerie plus tôt que la moyenne et, à la surprise générale, les a réussies.

« Qui est-ce ? Elle n'a rien de spécial », ont murmuré certains Padawans. Ils n'avaient pas tort : Vernestra n'était qu'une simple Mirialan ayant reçu un don de la Force, comme des centaines de Padawans et de novices.

Néanmoins, à sa connaissance, elle est la seule Jedi qui ait réussi ses épreuves du premier coup à quinze ans, un âge où les autres Padawans sont généralement aux premiers stades de leur apprentissage. La plupart du temps, Vernestra n'est pas arrogante, elle ne se vante pas de cet exploit. Au contraire, elle se sent investie d'une grande responsabilité : elle doit aider la galaxie, en suivant les voies que la Force et le Conseil Jedi jugent les plus appropriées. Cependant, est-ce vraiment mal de s'accorder un instant pour savourer cet accomplissement ? Elle ferme les yeux et sent la Force qui s'écoule dans tout ce qui l'entoure, puis considère ses sentiments et les obligations qui l'attendent. Encore aujourd'hui, à seize ans, être une véritable Jedi lui semble disproportionné. Elle est pourtant décidée à agir en tant que telle, de son mieux, tant qu'on l'y autorise.

Elle se dit finalement qu'elle a le droit de se réjouir de cette première mission, même si elle se résume à du baby-sitting.

– Hé, arrêtez-la !

La sérénité de Vernestra vole en éclats. Elle ouvre les yeux : un droïde de maintenance est en train de poursuivre une petite humaine à la peau mate, qui pilote un scoot speeder fait de bric et de broc. Elle brandit dans sa main gantée un cristal d'énergie resplendissant et ses cheveux forment autour de son visage un halo de boucles rebelles. Vernestra ne connaît que trop bien l'expression de joie triomphante de la jeune fille.

Une fois de plus, Avon Starros, la fille de la Sénatrice Ghirra Starros, est en train de faire des bêtises.

Avon n'a pas encore vu Vernestra et la Jedi en profite. Elle lève les mains, les paumes face à la fugitive, et pousse en utilisant la Force. Avon est éjectée de son véhicule fait maison, mais, au lieu de la laisser retomber violemment sur le pont, Vernestra la maintient suspendue dans les airs, tandis que le scoot speeder s'immobilise au milieu de la baie d'amarrage.

– Avon, dit doucement Vernestra. Que se passe-t-il ?

L'intéressée se retourne, flottant toujours au-dessus du sol.

– Pff, je pensais que tu étais déjà à bord du vaisseau.

– Non, j'ai décidé de me promener une dernière fois dans le poste avancé avant de partir. Je vois que je ne suis pas la seule. Qu'est-ce que tu as fait ?

– Rien ! Je n'ai rien fait ! Sur les étoiles, je ne sais pas pourquoi tu penses toujours que tout est de ma faute, Vern.

Vernestra serre les dents en entendant cet horrible surnom. Maître Douglas Sunvale l'appelle comme cela, et si elle ne compte pas contredire un Maître Jedi, elle n'a aucun scrupule à corriger une fille plus jeune qu'elle.

– S'il te plaît, ne m'appelle pas comme ça.

Elle relâche sa prise dans la Force et Avon tombe sur le sol – qui n'était vraiment pas très loin. Le scoot speeder, sans doute bricolé à partir d'éléments laissés sans surveillance dans le spatioport, s'écrase contre une pile de caisses d'expédition.

– T'es la pire, grogne Avon en s'étalant de manière mélodramatique sur le sol.

– Ce n'était pas très haut, répond Vernestra, même si c'était un peu cruel de sa part de la laisser tomber ainsi.

– Je vais récupérer ça, dit le droïde de maintenance, qui prend le cristal dans la main gantée d'Avon et repart à grands pas.

Vernestra s'avance vers la jeune fille et lui tend la main, mais cette dernière se relève seule, en lui lançant des regards noirs.

– Un jour, quand je serai le plus grand inventeur de la galaxie, je construirai un dispositif qui peut bloquer la Force. Tu feras moins la maligne.

Vernestra rit.

– Avon, on en a déjà parlé. La Force est tout autour de nous et à l'intérieur de nous. Elle ne ressemble pas à tes cristaux d'énergie. Il est impossible de bloquer la Force. D'ailleurs, pourquoi as-tu pris le cristal de ce droïde ?

Avon se renfrogne.

– Pour une expérience dont je ne compte pas te parler, Jedi. Sinon, je sais que tu trouveras un moyen de la gâcher. Et puis, tu ne peux pas simplement lire dans mes pensées ?

La jeune fille croise les bras. Vernestra soupire. Elle et Avon ne cessent de s'affronter. Vernestra n'a rien contre elle, bien au contraire : ses nombreuses théories et inventions la fascinent. Mais Avon n'aime pas qu'on lui dise ce qu'elle doit faire, et c'est précisément pour cette raison qu'elle s'est retrouvée à Port-Haileap. Sa mère, la Sénatrice Ghirra Starros, l'a envoyée ici, espérant qu'un peu de temps passé à la frontière l'inciterait à apprécier davantage sa vie sur Coruscant. Cependant, depuis son départ, Avon est plus déterminée que jamais à faire ce qui lui plaît, ce qui consiste habituellement à fabriquer des machines à partir de pièces détachées.

Il n'y a pas vraiment de raison qu'Avon accompagne la délégation sur le Flambeau, avant de rentrer sur Coruscant : sa mère ne l'a pas envoyée ici pour ça et elle ne joue aucun rôle officiel dans la délégation. Cependant, Maître Douglas, le marshal du poste avancé, a demandé à ce qu'elle soit présente, car le fils de l'ambassadeur dalnan a lui aussi douze ans. Il espère que les deux adolescents deviendront amis et que cette relation adoucira un peu la vision que les Dalnans ont de la République.

Vernestra l'espère aussi. Avant tout parce qu'Avon a besoin d'un ami.

– Maîtresse Avon ! Vous êtes en retard. Si vous ne montez pas tout de suite à bord de ce vaisseau, je vais découpler les tuyaux de liaison de votre scoot speeder ! On verra comment il marche après ça.

Une droïde dorée aux reflets roses, aussi grande que Vernestra, s'approche à grands pas. J-6, la droïde de protocole d'Avon, moitié garde et moitié nounou, a un sacré caractère. La Jedi, qui n'a jamais vu un droïde de protocole s'exprimer ainsi, soupçonne Avon d'y être pour quelque chose.

Cette dernière soupire bruyamment et écarte ses cheveux en bataille de son visage. Elle se dirige vers son scoot speeder, puis le redresse, avant de l'enfourcher.

– Eh bien, on dirait que la partie est terminée, J-6. Aucun sabotage ne sera nécessaire. Tu viens, Vern ? Tu ne voudrais pas être en retard.

Vernestra sourit et hoche la tête. Elle est excitée à l'idée de voir le Flambeau Stellaire, même si elle devra faire de gros efforts pour qu'Avon évite les ennuis.

– Allons-y.

Tandis qu'elles se dirigent vers la rampe d'embarquement du *Steady Wing*, Vernestra trébuche et pousse un petit cri. Avon lui lance un regard en coin.

– Tout va bien ?

Vernestra porte la main à sa poitrine et se tourne vers l'endroit où un mécanicien aqualish bricole un panneau d'accès, près de la rampe. Il lui rend son regard, la fixant de ses trois yeux. Son œil inférieur droit a disparu, remplacé par une cicatrice teintée de bleu. Il n'a rien d'autre de remarquable : il porte la même combinaison orange que les autres employés de maintenance de la baie d'amarrage.

– Ça va, finit-elle par répondre.

La Jedi lance un petit sourire à l'Aqualish, qui se détourne sans réagir pour reprendre sa tâche. Quelque chose en lui a éveillé les soupçons de Vernestra, une sensation piquante qu'elle ne parvient pas à déchiffrer. Elle est simplement nerveuse et excitée par sa mission sur le Flambeau, qu'elle ne veut surtout pas rater. Cela explique qu'elle fasse une fixation sur de banals mécaniciens. C'est en tout cas ce qu'elle se dit, même si elle n'en est pas vraiment convaincue.

Mettant de côté cette étrange sensation, Vernestra accompagne Avon et J-6 à bord du *Steady Wing*. Elle se concentre sur sa tâche actuelle : éviter que la jeune fille ne s'enfuie avant le départ. Vernestra est déjà assez occupée par les fantômes qu'elle voit partout dans la Force.

JEDI

CHAPITRE 2

Avon embarque sur le vaisseau, encadrée par J-6 et Vernestra. La jeune fille ne peut s'empêcher de regarder fixement le sabre laser sur la hanche de la Mirialan. L'arme est alimentée par un cristal kyber. Avon a entendu des choses extraordinaires au sujet de ces cristaux, et la seule fois où elle a vu Vernestra utiliser son sabre laser, la lame violette rayonnait d'énergie pure. Avon a tout fait pour que la Jedi la laisse l'examiner de plus près, mais cette dernière a poliment refusé : « Une Jedi et son kyber sont liés dans la Force. Son chant m'appelle et mon esprit y répond. Ce n'est pas un simple cristal d'énergie, Avon. Je suis désolée, mais non. »

Avon a décidé depuis longtemps que le plus mauvais côté de Vernestra est son exaspérante gentillesse. Elle s'excuse toujours quand elle doit lui dire non. C'est presque aussi pénible que les remarques permanentes de J-6 au sujet de ses vêtements.

– Maîtresse Avon, annonce l'intransigeante droïde dorée, nous devons nous retirer dans la cabine qui vous a été attribuée et nous préparer pour le dîner. J'ai aussi une robe que votre mère nous a fait suivre. Elle sera parfaite pour l'inauguration du Flambeau, mais elle doit être ajustée au préalable.

– Oui, bonne idée, répond Vernestra. Mais tu auras largement le temps de retoucher la robe. Maître Douglas a dit qu'à cause des récentes catastrophes de l'hyperespace, nous allons voyager plus longtemps que prévu en subliminique. Une fois que nous serons au milieu du système, nous pourrons sauter en toute sécurité en hyperespace pour poursuivre notre voyage. Autant s'installer confortablement, car nous allons rester un bon moment à bord.

– Oh, je suis ravie d'entendre ça, dit J-6, dont la voix mécanique se teinte de joie. Ce vaisseau est à la pointe de la technologie et d'un luxe sans pareil. J'ai hâte de pouvoir me connecter et mettre à jour ma programmation. Et cela fait bien longtemps que personne n'a huilé mes prises.

La droïde lance un regard entendu à Avon, qui ricane.

– La dernière fois que j'ai voulu te mettre à niveau, tu as eu peur.

– Parce que vous avez ajouté l'équivalent d'un dictionnaire de jurons aqualish à mon lexique ! Vous êtes une enfant terrible, ingrate et cruelle.

Avon sourit, car J-6 ne lui en veut pas vraiment.

– Ouais, mais souviens-toi du bon moment qu'on a passé quand ces transporteurs de vin sont arrivés et que tu as essayé de saluer leur capitaine. Je ne savais même pas que les Aqualish avaient le sens de l'humour. Pourtant, les membres d'équipage ont failli s'évanouir tellement ils riaient.

La peau vert pâle de Vernestra s'assombrit et ses sourcils noirs se soulèvent vivement, atteignant presque le haut de son front.

– C'est donc pour ça que Maître Douglas a dû se rendre sur la baie d'amarrage afin de mettre un terme à une dispute entre Aqualish ! Ils ne riaient pas, Avon ! Ces sifflements expriment le défi. *Och*, un de ces jours, tes bêtises finiront par avoir de véritables conséquences.

Avon hausse les épaules et agite la main, comme pour écarter les réprimandes de la jeune femme.

– Si tu le dis, Vern. Tu es toujours chargée de t'assurer que je fasse acte de présence pendant le voyage ?

Avon avait prévu de rester à Port-Haileap après le départ des Jedi pour Coruscant. Une fois débarrassée d'eux (apparemment, la Force détecte ses bêtises bien avant les senseurs et les droïdes de garde), elle comptait terminer enfin sa dernière invention, des inserts antigravité pour chaussures. Cependant, J-6 a alors commencé à empaqueter ses affaires et annoncé qu'ils allaient se rendre sur le Flambeau Stellaire avec l'émissaire diplomatique de Dalna. Le seul aspect positif, dans tout cela, est que Vernestra doit s'occuper d'elle, ce qui signifie qu'Avon pourra revoir son sabre laser.

– Tu es assez grande pour trouver la salle à manger, lui lance Vernestra avec un sourire amical.

Les plis au coin de ses yeux compriment les motifs sur ses tempes. Comme la plupart des Mirialans, elle arbore les marques de sa famille, six minuscules diamants noirs formant deux colonnes de trois, de chaque côté de son visage.

– Je suis ici pour assurer ta sécurité et celle du fils de l'ambassadeur, pas pour te courir après toute la journée. À ton âge, j'étais une Padawan et je voyageais à travers la galaxie avec mon maître. Tu es certainement capable de te préparer pour un dîner.

Avon se renfrogne.

– C'était il y a deux ans à peine. Arrête de faire semblant d'être une adulte, marmonne-t-elle, se rendant compte qu'en répondant ainsi, elle ne fait vraiment pas preuve de maturité.

Pff.

Vernestra ne semble pas s'en soucier. Elle la salue de la main et disparaît dans la coursive pour rejoindre sa chambre. Avon se tourne vers J-6.

– Je suppose que tu sais où on loge ?

– Bien sûr, Maîtresse Avon. C'est mon rôle, non ?

Avon suit la droïde et sa mauvaise humeur s'amenuise un peu. La réponse de J-6 n'était pas très cordiale et, tandis que la plupart des gens auraient trouvé cela déplacé de la part d'une droïde de protocole, Avon est intriguée. Un mois plus tôt, elle a téléchargé un code à action lente avec le lexique de jurons (il y en avait une demi-douzaine), un code destiné à effacer progressivement la programmation d'usine de J-6, ce qui lui permettra, en substance, de se reprogrammer toute seule. Depuis toujours, Avon regrette que les personnalités des droïdes soient définies lors de leur construction : il lui semble plus juste que J-6 puisse décider de ce qu'elle a envie d'être.

En espérant qu'elle opte pour quelque chose de plus intéressant qu'un individu obsédé par l'étiquette.

Avon et J-6 bifurquent dans un autre couloir et une femme d'apparence humaine, avec des cheveux rose vif et une combinaison maculée de graisse, arrive en courant dans leur direction. Trop occupée à regarder par-dessus son épaule, elle ne les remarque pas : avant que la jeune fille puisse la prévenir, elle percute la droïde de protocole.

J-6 ne bouge pas, mais la femme recule en titubant, avant de tomber en arrière sur le sol. La scène est assez comique : Avon laisse échapper un petit rire.

– Ça va? demande-t-elle.

La femme se relève d'un bond, refusant de croiser son regard. Un fil d'argent est enroulé autour de sa lèvre. Le métal perce la peau à plusieurs endroits, comme s'il avait été cousu dans sa chair. Un étrange spectacle, qui rappelle un peu à Avon la manière dont les Mon Calamari suspendent des perles et d'autres bijoux à leurs barbillons, ces protubérances qui poussent autour de leur bouche. Fascinée, elle a envie de lui demander si la pose du fil est douloureuse, mais l'expression féroce de la femme n'invite pas vraiment à la conversation.

– Tout va bien, crache cette dernière. Tu devrais apprendre à ta droïde à regarder où elle va.

– Et vous devriez *vraiment* regarder où vous allez ! réplique J-6.

Avon reste bouche bée : cela ne fait assurément pas partie de la programmation d'origine de la droïde. *Excellent*, elle va devoir effectuer d'autres observations.

Sans répondre, la femme aux cheveux roses poursuit sa route. Avon et J-6 se rendent dans leurs quartiers afin de se préparer pour le dîner, oubliant rapidement cet incident.

CHAPITRE 3

Honesty Weft n'a pas envie d'être dans l'espace. Il n'a pas envie de se préparer pour un dîner formel et il n'a pas envie d'être un bon fils d'ambassadeur dalnan. Mais il est là, sur le *Steady Wing*, et s'apprête à faire tout cela.

Personne ne se soucie de ce qu'il veut vraiment.

– Tu vas continuer à bouder devant ton miroir ou finir par t'habiller ? demande son père en entrant dans sa chambre.

L'Ambassadeur Weft porte déjà la tenue sobre et officielle du corps diplomatique dalnan : une tunique d'un brun neutre, avec un col haut, un treillis assorti, des bottes ordinaires. Les Dalnans n'ont que faire des frivolités, et même les Pantorans, habituellement plus exubérants, qui se sont installés sur cette planète renommée pour son agriculture, ont adopté ce code vestimentaire.

– Tu pourrais peut-être leur transmettre mes excuses ? demande Honesty, plein d'espoir, en tirant sur le col inconfortable de son habit.

– Un guerrier ne tient pas ce genre de propos, répond l'ambassadeur.

Un sourire passe sur son visage hâlé. Il aide son fils à arranger son col et reprend l'expression neutre qu'il arbore habituellement dans le cadre de ses fonctions. Le père d'Honesty lui a un jour expliqué que le plus difficile, lorsqu'on est ambassadeur, est de ne jamais laisser transparaître ses pensées. Plus d'une fois, Honesty a essayé d'imiter cette expression d'intérêt poli, mais il finit toujours par retrouver son air contrarié.

Une raison de plus pour qu'il ne devienne jamais ambassadeur.

– Je ne vais pas être un guerrier puisque je vais manquer ma Métamorphose.

Son père soupire, rectifie une dernière fois le col d'Honesty, puis s'assied sur le bord du lit.

– Tu recommences.

– Oui, je recommence, réplique Honesty en ajustant sa tunique de cérémonie, sans chercher à cacher sa colère. Tout le monde est en train d'être évalué pour la profession de son choix, et moi, je suis là ! Le temps que je rentre, ils auront tous commencé leur apprentissage, et je serai coincé à la crèche avec les bébés.

– Il y a un dicton qui souligne l'intérêt de prendre son temps, dit l'Ambassadeur Weft. Parfois, le premier animal du troupeau qui sort de l'enclos est aussi le premier à l'abattoir.

– Je ne parle pas d'une stupide ferme ! Je parle de ma vie ! s'exclame Honesty.

Son père se lève.

– Je ne vais pas passer ce voyage à me disputer avec toi sur les raisons de ta présence ici. Ta mère et moi avons pris une décision, tu dois la respecter. Quitter Dalna te permettra de prendre du recul, quelle que soit la voie que tu choisisses par la suite. Si tu ne veux pas être traité comme un bébé dans une crèche, arrête de te comporter comme si tu en étais un.

Il parle d'une voix calme et égale, mais ses paroles font à Honesty l'effet d'une gifle verbale.

– Tu vas assister à des moments historiques, poursuit son père. Si Dalna rejoint la République, nous apporterons la paix et la sécurité à notre secteur de la galaxie. Tu pourras voir de près à quoi ressemble la diplomatie et peut-être même rencontrer la Chancelière. Tu devrais apprécier tout cela au lieu de te comporter comme un gros zeftgeist gâté à qui on a donné trop de grain.

Honesty ouvre la bouche pour protester, mais l'ambassadeur se dirige déjà vers la porte.

– Janex et le reste de la délégation seront là d'un moment à l'autre. J'attends de toi que tu les accueilles avec le sourire et des paroles avenantes, pas en boudant. Ne me déçois pas.

Sur ce, il quitte la pièce, et Honesty reste seul avec sa frustration et les larmes qui strient ses joues pâles.

JEDI

CHAPITRE 4

Plus tard, après le décollage et une période de méditation profonde, Vernestra entre dans la salle à manger où le dîner va avoir lieu. Elle s'est recentrée et est impatiente de vivre ce voyage. Il y a six restaurants dans le vaisseau, mais un droïde serveur lui assure que le meilleur, le plus intime, a été réservé à la délégation dalnan. La Jedi constate, un peu déçue, qu'elle est l'une des dernières à arriver. Maître Douglas et son Padawan, Imri Cantaros, sont déjà assis au bout de la table, près de quelques individus qu'elle ne connaît pas. Avon n'est pas là, mais Vernestra est certaine que J-6 s'assurera que la jeune fille assiste à cette rencontre officielle. Mettant ses inquiétudes de côté, elle se dirige à grands pas vers la table, qui est couverte d'un nombre presque impossible d'ustensiles en argent.

– Vern ! Tu es pile à l'heure, lui lance Maître Douglas avec un sourire.

Vernestra grimace.

– Maître Douglas, vous devez savoir qu'Avon Starros m'appelle elle aussi Vern, grâce à vous. Vous déteignez sur elle.

Douglas éclate de rire, un son réjouissant qui parvient à arracher un bref sourire aux quatre Dalnans à l'air sévère assis de chaque côté de lui.

– J'espère bien ! Cette gamine est un génie. Avon va être un des esprits les plus brillants de sa génération. Je serais honoré de faire partie de ses influences.

Vernestra sourit et s'installe à la place que le droïde serveur lui indique, juste à côté d'Imri. Ce faisant, elle jauge les autres convives. Maître Douglas est un humain de grande taille, robuste et extraverti. Détendu et volubile, il est très différent de Stellan, le maître qu'a eu Vernestra. Sa barbe noire et touffue pousse librement sur son visage pâle, et il ne revêt que rarement sa tenue de Jedi, lui préférant la tunique simple et le pantalon que portent habituellement les colons de la Bordure Extérieure, sur des planètes comme Dalna. Il porte néanmoins son sabre laser, comme le doit un véritable Chevalier, mais c'est le seul élément qui indique son statut. Ce soir, il a revêtu le tabard de circonstance pour un Maître Jedi. Les broderies dorées tranchent glorieusement avec le tissu neigeux, même s'il est évident que le vêtement a été déplié à la dernière minute.

– J'ai passé tout l'après-midi à chercher son tabard, souffle Imri à Vernestra, sur le ton de la confidence. Heureusement, j'en avais commandé un autre.

Originaire de Genetia, le jeune homme a cependant passé ses années de novice dans le temple principal de Coruscant. Imri est grand et large d'épaules, sa carrure correspond parfaitement à celle de son maître. Il a le teint clair, une tignasse blonde, des yeux marron et doux, et un talent incroyable pour percevoir les sentiments et les pensées de ceux qui l'entourent.

– Maître Douglas a de la chance de t'avoir, lui dit Vernestra avec un sourire bienveillant.

Le Padawan rit.

– C'est moi qui suis chanceux de l'avoir. Je ne suis pas encore parvenu à reconstruire mon sabre laser. C'était pourtant si facile la première fois ! Désormais, à chaque fois que je le remonte, il y a quelque chose qui cloche.

– Cela arrive. Ne t'inquiète pas, tu finiras par réussir. Tu as déjà pensé à demander à Douglas de t'emmener au temple pour passer les tests d'empathie ?

Percevoir les émotions des autres est un talent rare dans la Force.

Imri secoue la tête.

– Cela ne vient pas de la Force, Vernestra. C'est une simple question d'attention. Pourriez-vous me parler un peu de vos épreuves ? demande-t-il à voix basse. Douglas pense que je devrais commencer à m'entraîner pour les miennes, mais je ne sais pas trop. Je ne me sens pas encore prêt.

Vernestra sourit et se penche vers lui.

– Tu as le temps. J'ai passé mes épreuves en avance, car Maître Stellan a estimé que le moment était venu.

L'expression pleine d'espoir d'Imri se ternit un peu. Vernestra pose une main réconfortante sur son épaule.

– Ne t'inquiète pas, Imri ! Tu as tout le temps. Tu viens juste d'avoir quatorze ans, non ?

– Oui, mais…, commence le jeune homme avant de pousser un soupir. Je suis prêt à devenir un Chevalier.

– C'est la Force qui décidera de ce moment, dit gentiment Vernestra.

Imri soupire de nouveau.

– Oui, c'est ce que me répète aussi Maître Douglas. D'ailleurs, assurez-vous qu'il pense à vous présenter aux Dalnans. Ils ont entendu parler de vous et sont très excités à l'idée de rencontrer notre célébrité locale.

Vernestra rougit, à la fois gênée et ravie. Mais, en entendant les mots d'Imri, Douglas se lève et s'éclaircit la voix.

– Ah, oui, merci, mon cher Padawan, pour cet aimable rappel, dit-il en gloussant et en tendant la main vers Vernestra. Ambassadeurs Weft, Janex et Starstriker, permettez-moi de vous présenter Vernestra Rwoh, la fierté de Port-Haileap. Vernestra – Vern, pour faire court – est une étoile montante : cela fait bien longtemps qu'un Padawan n'est pas devenu Jedi à un si jeune âge.

– Que se passe-t-il exactement pendant les épreuves de la Chevalerie ? demande l'Ambassadeur Weft. Est-ce un test de force ou d'intelligence ?

Son visage est creusé de profonds sillons, comme s'il avait eu une vie difficile. Ses cheveux sont d'un rouge ardent et il a la peau mate, mais bien moins foncée que celle d'Avon. Il semble passer beaucoup de temps sous le soleil – et Dalna en a deux. Son fils et lui sont les seuls humains de la délégation dalnan ; les autres membres sont Trandoshan, Pantoran ou Weequay. Ils sont tous vêtus d'un pantalon, d'une tunique ordinaire, et de bottes simples et pratiques, qui leur arrivent aux genoux. Tous arborent le même air sombre et ils sont équipés d'un petit arsenal de blasters, une démonstration de force qui a intimidé les représentants de la République envoyés sur leur planète. Il y a environ un siècle, une guerre a éclaté sur Dalna. La population s'est adaptée en créant une culture guerrière, qui s'entraîne en permanence au combat.

– Les épreuves sont un mélange des deux, explique Vernestra avec un sourire, répondant à la question de l'ambassadeur. Elles sont destinées à tester les forces et les faiblesses d'un Jedi en particulier.

– Elles ne sont jamais les mêmes, intervient Douglas en tapant sur l'épaule du diplomate comme s'ils étaient de vieux amis. J'ai entendu dire que vos épreuves de Métamorphose, sur Dalna, sont similaires.

– Pas vraiment, dit l'Ambassadrice Janex, une Pantoran, avec un sourire poli.

Elle porte le même uniforme que le reste de la délégation, le tissu brun donnant au bleu de sa peau une teinte plus vive encore.

– Notre Métamorphose teste bien la force de nos enfants, poursuit-elle, mais uniquement pour les préparer aux dures réalités de la vie sur notre planète. Ces épreuves ont plus un rôle d'orientation professionnelle qu'autre chose.

– Oui, confirme l'Ambassadeur Weft d'une voix douce et mesurée. Par exemple, les épreuves de mon fils Honesty seront centrées sur le combat rapproché, puisqu'il souhaite s'engager dans l'armée.

En entendant parler de la Métamorphose, Honesty a baissé les yeux sur ses genoux, et Vernestra se demande si cette perspective l'excite ou l'inquiète. Cependant, l'Ambassadeur Weft est toujours en train de parler, alors elle reporte son attention sur lui.

– Il devra prouver qu'il est capable de se défendre et de survivre dans des conditions difficiles, deux compétences indispensables en cas de conflit.

– Pour quoi faire, puisqu'il n'y a pas eu de véritable guerre depuis plus d'un siècle ?

Tous les convives se tournent vers Avon et J-6 qui entrent dans la pièce ; ils sont aussi choqués par les paroles de la jeune fille que par son arrivée tardive.

– Désolée pour le retard. On dirait que j'ai grandi de quelques centimètres depuis mes derniers essayages.

Avon Starros, fille de la Sénatrice Ghirra Starros. Mesdames et messieurs les ambassadeurs, permettez-moi de vous transmettre les chaleureuses salutations de la République et de vous accueillir à bord de ce superbe vaisseau, envoyé par ma mère.

– Ce vaisseau a été affrété par la Chancelière, dit l'Ambassadrice Janex en levant un sourcil.

Avon sourit poliment.

– D'après vous, qui a convaincu le gouvernement de financer ce voyage ? Comme vous le savez certainement, ma mère tient absolument à ce que la République double de taille de son vivant. Comme dit le proverbe, l'union fait la force. Si Dalna rejoint la République, tout le monde y gagnera. J'espère que vous pourrez vous en rendre compte durant ce voyage.

La délégation dalnan échange des murmures, mais Avon ne dit rien de plus, se contentant de répondre par une petite révérence.

Vernestra essaie de dissimuler sa surprise : elle n'a jamais vu la jeune fille ainsi. Ses boucles rebelles ont été tirées en arrière de chaque côté de sa tête et elle porte tant de collerettes qu'elle ressemble à un sapin en tissu. Sa robe est constituée d'une superposition de couches couleur crème et pêche, en fibre de gnostra : un hommage à cette plante arbustive, qui est utilisée de multiples manières sur Dalna. L'apparence insolite d'Avon ne l'empêche pas de s'affaler sur son siège, le seul resté vacant, à côté d'Honesty Weft. Le garçon brun à la peau pâle, couverte de taches de rousseur, est le portrait craché de l'Ambassadeur Weft. Seule la couleur de leurs cheveux permet de les différencier.

– Il y a eu des combats sur notre planète au cours du siècle dernier, dit-il d'une voix calme, à peine intelligible. La paix de la République ne s'étend pas toujours à ses planètes.

– Ou à ses voies hyperspatiales, intervient l'Ambassadrice Janex, qui boit une grande gorgée de vin de baie de gnostra avant de poursuivre. J'ai entendu dire que la toute dernière catastrophe de l'hyperespace était probablement un acte de sabotage.

– Un sabotage des hypervoies ? demande Avon en tendant la main vers un verre de vin.

J-6 intervient aussitôt et lui sert à la place un verre de jus de baie de gnostra. La jeune fille sourit à la délégation, de l'autre côté de la table, mais son irritation est perceptible.

Ainsi, la gamine querelleuse est toujours là, sous les froufrous, se dit Vernestra.

Étonnamment, cette constatation la réjouit.

– Oui, répond l'Ambassadrice Janex, que ce sujet semble passionner et dont les joues bleues se teintent joliment de rose. La destruction initiale du *Legacy Run* a déclenché une série de cataclysmes que les gens appellent des Émergences : des éruptions de morceaux de l'épave, qui apparaissent aléatoirement dans toute la galaxie.

– La plus notable s'est produite dans le Système Hetzal, dit Imri en s'adressant pour la première fois à l'assemblée. Maître Douglas a aidé à sauver de nombreuses vies.

– C'est vrai. En tant que Jedi appelé en urgence sur les lieux, je peux vous dire que le pire a été évité, explique Douglas avec son habituelle bonne humeur. Cela reste une catastrophe tragique, mais les Jedi et la République se sont unis pour gérer non seulement le désastre initial, mais aussi les Émergences suivantes. Il n'y a plus rien à craindre désormais.

L'Ambassadrice Janex se tapote les lèvres.

– En sommes-nous certains ? Les discussions des fils infos semblent indiquer que même si la réponse des Jedi a été rapide et efficace, ce ne sont pas des débris de l'épave surgissant dans les hypervoies qui continuent à causer ces… Émergences. On dit que des saboteurs sont toujours à l'œuvre.

Maître Douglas secoue la tête.

– Croyez-moi, très chère ambassadrice. Il n'y a rien à craindre. L'hyperespace est aussi sûr qu'auparavant, voire davantage, depuis que la République a entrepris son projet de cartographie, il y a un siècle de cela.

– Nous allons donc voyager en hyperespace ? demande Avon.

Douglas acquiesce.

– Oui, mais pas tout de suite. J'ai parlé au pilote : dans ce système, la plupart des points d'accès aux hypervoies sont encore fermés. Nous devons donc faire un léger détour avant de pouvoir effectuer le saut. Le trajet prendra un jour de plus, mais il faut voir le bon côté des choses : au lieu de travailler, nous pourrons tous profiter des magnifiques jardins suspendus pantorans qui sont sur le pont trois.

Les adultes autour de la table éclatent de rire. Vernestra, elle, fronce les sourcils. L'idée de voyager en hyperespace ne lui plaît pas, mais elle ne sait pas si ce sentiment provient de ses propres réticences au sujet des voies ou de la nervosité de la délégation dalnan. Ils paraissent tous un peu perturbés par la conversation qui vient d'avoir lieu. Douglas a expliqué à Vernestra que les Dalnans quittaient rarement leur planète d'origine et n'aimaient pas les voyages spatiaux en général ; son impression vient peut-être de là.

Les droïdes du restaurant s'approchent pour servir l'entrée aux convives. À peine les plats ont-ils été placés sur la table qu'une secousse agite le vaisseau, puis une autre.

– Diantre ! s'exclame l'ambassadeur pantoran. Un morceau de débris peut-être ?

Douglas sourit, mais son sourire s'évanouit aussitôt.

– Les étoiles, souffle-t-il.

Il tend les mains et Vernestra a l'impression d'être plaquée sur son siège. Elle sent alors la perturbation dans la Force.

C'est comme si une lame l'entaillait, un tranchant acéré fait de peur et de panique. Cette sensation ne provient pas de ses compagnons, mais de tous les autres êtres vivants à bord du vaisseau. De grands bruits de collision retentissent, puis les alarmes se mettent à hurler et le plafond de la salle à manger est arraché, révélant les étoiles.

– Accrochez-vous ! hurle Maître Douglas en puisant dans la Force pour maintenir tous les convives en place. Au-dessus de leurs têtes, la cloison d'urgence, un rideau métallique articulé, commence à se dérouler, mais s'arrête en grinçant, laissant une ouverture de plusieurs mètres de large. Les portes de la salle à manger se ferment brusquement, les laissant avec le peu d'air qui reste dans la pièce et qui s'échappe rapidement dans l'espace.

– Le rideau est coincé ! crie Avon.

J-6, debout derrière la jeune fille, la maintient sur son siège. Le vide de l'espace attire l'atmosphère hors du vaisseau, créant un courant aspirant qui pique les yeux de Vernestra. Des droïdes s'envolent vers les ténèbres, avec les assiettes et les nappes. La Jedi utilise toute son énergie pour empêcher ceux qui se trouvent autour de la table d'être eux aussi emportés dans le vide. Cependant, s'ils n'arrivent pas à fermer la cloison, cela ne servira à rien : ils vont rapidement manquer d'air.

– Vern, il faut refermer cette brèche. Tu penses en être capable ? demande Maître Douglas.

Les yeux fermés, il s'efforce de retenir les autres. Des gouttes de sueur perlent sur son front. Vernestra jette un œil vers le plafond et son cœur chavire : la tâche paraît impossible. Comment pourra-t-elle éviter d'être aspirée dans l'espace, comme tout le reste ?

– Je m'en occupe, dit-elle, chassant ses doutes.

Elle relâche son emprise sur les convives, laissant Maître Douglas les protéger, puis se lève. Seule la Force l'empêche de s'envoler. Des débris venus des quatre coins de la pièce continuent de filer autour d'elle.

Vernestra observe de nouveau la cloison et comprend ce que Maître Douglas voulait dire. Une chaise s'est logée au bout du rail : elle doit la retirer pour que le rideau puisse se refermer. Elle dégaine son sabre laser, prend une profonde inspiration, puis relâche sa prise dans la Force, se laissant entraîner vers l'espace.

Portée par le courant d'air qui s'échappe de la salle à manger, Vernestra n'a pas le temps de souffler. Une assiette passe à côté de sa tête ; elle se penche pour l'éviter et se met alors à tourner sur elle-même de manière incontrôlable. Après un bref instant de panique, elle se tortille et parvient à redresser sa trajectoire, juste avant de percuter le rebord de la cloison. Elle cherche une prise du bout des doigts, essayant de se relever.

Voler est décidément plus facile en théorie qu'en pratique.

– Tu t'en sors très bien, Vern ! lance Avon.

Vernestra baisse les yeux vers ses compagnons en contrebas. Avon semble si petite, si effrayée – et le garçon, Honesty, n'est guère plus rassuré. Une motivation nouvelle envahit Vernestra : elle est une Jedi et les Jedi protègent toutes les formes de vie. Elle peut le faire.

Cette foi dans ses propres capacités lui redonne de l'énergie. La Force est là, partout autour d'elle. Elle l'emplit et s'écoule à travers elle tandis qu'elle s'élance sur la cloison, son sabre laser à la main. La lumière violette de l'arme est aussi constante que sa détermination. Désormais, elle n'a plus le moindre doute. Elle abat sa lame sur la chaise qui bloque le rail, au bord de la protection métallique.

Tandis que le rideau se remet en mouvement, Vernestra court le long de l'ouverture pour découper tous les autres débris qui menacent d'entraver la fermeture du bouclier. Elle reste à quelques centimètres au-dessus du métal et, quand la cloison se referme enfin, scellant la brèche et faisant taire les vents rugissants, elle exécute un salto arrière et redescend doucement. Au moment où ses bottes se posent sur le sol, tout le monde est en train de parler en même temps.

Maître Douglas lève la main et le brouhaha retombe.

– Nous devons évacuer le vaisseau.

– Que se passe-t-il ? demande l'Ambassadeur Weft, les yeux exorbités par la panique.

– Je pense que quelque chose a heurté le *Steady Wing*, répond Douglas. Peut-être une Émergence.

Il tend la main vers la porte, qui s'est verrouillée quand la cloison a refusé de se refermer. Il effleure l'ouverture d'urgence, mais rien ne se passe. Le Jedi allume alors son sabre laser et découpe le battant, utilisant la Force pour repousser les morceaux dans le couloir.

– Il faut partir, annonce-t-il. Vern, passe devant !

JEDI

CHAPITRE 5

Le cœur d'Imri bat la chamade : il a l'impression que sa poitrine va exploser. *Ainsi le veut la Force*, se dit-il. Il prend une profonde inspiration, puis expire. S'ils survivent à cette épreuve, ce sera parce que la Force en a décidé ainsi, et cette certitude permet au garçon de retrouver un peu son calme. Il fait confiance à la Force, comme Douglas le lui a enseigné. Imri garde son assurance tant que son maître est à ses côtés. Même si ce dernier a demandé à Vernestra, et non à lui, son fidèle Padawan, de passer en premier.

Il inspire de nouveau et s'élance avec le reste du groupe.

Le hall d'entrée, naguère impressionnant, grouille de droïdes et de passagers paniqués. Imri ne les connaît pas, mais il devine qu'il s'agit de gens importants, invités à l'inauguration du Flambeau Stellaire par la Chancelière. Tous se ruent vers les capsules de sauvetage et la foule est si dense qu'Imri doit se plaquer contre le mur pour passer.

– Ce n'est pas bon, dit Maître Douglas en se retournant vers le groupe. On ne pourra pas atteindre les capsules en passant par ici.

– Il n'y a plus de capsules ici, coasse un Mon Calamari à la tenue élégante. Il faut monter sur le pont supérieur.

– Comment est-ce possible ? demande l'Ambassadeur Weft en fronçant les sourcils. En temps normal, le *Steady Wing* accueille au moins deux fois plus de passagers.

Un craquement se répercute dans le vaisseau, accompagné de détonations lointaines. Dans le hall, tout le monde se met à hurler, à se plaquer au sol ou à courir dans tous les sens. Maître Douglas grimace quand les alarmes retentissent.

– Reculez ! crie-t-il.

Imri ressent une poussée au milieu de sa poitrine et est projeté en arrière avec Honesty, Avon et Vernestra. Imri tombe sur J-6 et grogne.

– Excusez-vous, dit la droïde, un peu trop sèchement.

Imri n'a pas l'occasion de lui répondre. Il regarde, stupéfait, la cloison qui se referme, les séparant de Maître Douglas et des adultes de la délégation dalnan.

– Père ! crie Honesty.

Il se relève d'un bond et court vers le panneau, tambourinant sur la surface métallique.

PARTEZ. SAUVEZ-VOUS, entend Imri dans sa tête.

– C'est toi qui as fait ça ? demande Avon à Vernestra en ouvrant de grands yeux.

La Mirialan secoue la tête et ses cheveux se libèrent de l'attache qui les maintenait en arrière.

– C'était Maître Douglas, dit Imri en se remettant sur pied. Il nous a poussés pour éviter qu'on se retrouve coincés de l'autre côté de la porte de sécurité. Il faut qu'on revienne sur nos pas.

Honesty plaque un instant son front contre la cloison, puis se ressaisit et essuie ses larmes.

– Alors, allons-y, dit-il, les mâchoires serrées.

À part sa tignasse brune ébouriffée et sa tunique beige déchirée au niveau du col, rien n'indique qu'il vient de traverser un maelström. Quand Imri le sonde mentalement – une habitude qui lui permet de comprendre les sentiments des autres –, il ne sent rien, à part des émotions parfaitement contenues. Soit le garçon est toujours sous le choc, comme Avon, dont la détresse s'est muée en irritation, soit il a enfoui sa peur si profondément qu'Imri ne peut rien percevoir.

Maître Douglas lui a souvent répété qu'il devait apprendre à parler aux gens, plutôt que d'obtenir ce genre d'informations grâce à la Force. Cependant, Imri ne peut pas s'en empêcher, surtout dans un moment comme celui-ci : la Force est son seul repère dans le chaos qui l'entoure.

Le Padawan regrette que son maître ne soit pas là pour l'aider à dissiper sa confusion. Mais Douglas est de l'autre côté de la porte. Le Maître Jedi leur a donné une chance de s'en sortir.

Leur groupe hétéroclite s'élance dans le hall, Avon en tête. Tout en courant, l'adolescente arrache sa jupe, révélant un legging et des bottes. Imri n'est pas surpris : elle semble toujours préparée à toutes les éventualités.

La jeune fille s'arrête brusquement devant une écoutille fortement endommagée et fronce les sourcils.

– Un peu d'aide de la Force ? demande-t-elle en indiquant le battant plissé.

Le métal a été enfoncé : il serait impossible d'ouvrir la porte sans l'aide d'un chalumeau ou d'une masse à gravité.

Étant le plus proche, Imri allume son sabre laser et découpe le métal. Il tente d'utiliser la Force pour dégager les morceaux, comme Maître Douglas l'a fait dans la salle à manger, sans y parvenir. Il est difficile de se concentrer et de puiser dans la Force quand on se demande si son maître s'en est sorti vivant.

Sans un mot, Vernestra range son sabre laser et agite la main en direction du battant. Les pans de métal se plient, ménageant un passage pour Avon et J-6, qui s'empressent de franchir le seuil, suivies par Honesty. Quand le Padawan s'apprête à l'imiter, une main posée sur son épaule l'arrête.

– Imri, dit Vernestra. Ça va aller. Tout est ainsi que le veut la Force.

Le jeune homme hoche la tête, mais les paroles de la Mirialan ne parviennent pas à dissiper la sensation sourde qui envahit son cœur. Cependant, ce n'est pas le moment de s'inquiéter : ils doivent fuir le vaisseau au plus vite.

Ils traversent le hall au pas de course, passant devant des salles de jeux et une bijouterie. Ils doivent trouver un moyen de descendre ou de monter, n'importe quoi qui leur permette d'atteindre un autre niveau doté de capsules de sauvetage. Imri commence à se dire qu'ils ne trouveront jamais un escalier ou un ascenseur, quand ils arrivent devant l'entrée d'un hangar.

– On devrait essayer ici, dit Vernestra en indiquant le battant abîmé.

– Comment se fait-il que toutes ces portes aient été détruites ? demande Avon en fronçant les sourcils. On dirait presque que quelqu'un veut nous empêcher de quitter le vaisseau.

Cette fois, Vernestra n'attend pas qu'Imri essaie de dégager le passage. Elle tend la main et froisse le métal comme s'il s'agissait d'une serviette de table géante. De nouveau, Avon passe la première, mais Vernestra lui emboîte aussitôt le pas.

– Avon, arrête de foncer sans regarder où tu vas, la sermonne-t-elle.

Imri attend qu'Honesty et J-6 franchissent le seuil avant de les suivre. Quand ils entrent dans le hangar, un espace réduit qui ne contient qu'une navette de maintenance, le Padawan écarquille les yeux.

– Ouah, lâche-t-il.

Quelqu'un a réduit en miettes les droïdes de service. Ils étaient apparemment trois, dont les composants sont éparpillés sur le sol.

– Je ne pense pas qu'il s'agissait d'une Émergence, dit Vernestra, qui sort son sabre laser et le tient devant elle. Quelqu'un a voulu s'assurer que personne ne pourrait partir.

– Dans ce cas, on est fichus, dit Honesty d'une voix plate. On n'aurait jamais dû naviguer parmi les étoiles. On aurait dû accepter notre sort dans la salle à manger.

Avon lance au garçon un regard où se mêlent incrédulité et dégoût.

– Il y a toujours de l'espoir. Une navette de maintenance, c'est mieux que rien. Mais il faut faire vite. Regardez.

Elle indique un endroit où le mur du hangar a commencé à se fendre. Le noir de l'espace est visible, derrière une barrière scintillante. Le protocole d'urgence en cas de brèche dans la coque, qui protège les vaisseaux dans ce genre de situation, est sur le point de lâcher.

– Ce n'est qu'une couche secondaire : elle est seulement censée tenir le temps que les passagers puissent rejoindre des espaces cloisonnés.

– Et si l'on en croit les dégâts dans la salle à manger, les espaces cloisonnés sont compromis, ajoute Vernestra. Nous n'avons pas le temps de faire les difficiles. Je sens que Maître Douglas… s'amenuise.

– Moi aussi, dit Imri d'une voix calme.

La sensation est horrible, le Padawan a envie de se couper de la Force, pour pouvoir ignorer que, quelque part à bord, son mentor tente de survivre, en vain.

– Qu'est-ce que ça signifie ? demande Honesty.

Personne ne répond.

– Ce vaisseau semble à peu près opérationnel, annonce J-6, près de l'appareil.

Avon se précipite vers la droïde et le reste du groupe la suit.

Si le *Steady Wing* est un paquebot de luxe, c'est loin d'être le cas de la navette. L'intérieur est blanc, des banquettes grises sont disposées le long des parois, avec au bout les sièges du pilote et du copilote. Des rangements sont remplis de matériel ; avec un peu de chance, ils contiennent des équipements, de la nourriture et de l'eau, de quoi tenir le temps de trouver un abri. Il y a à peine assez de place pour eux cinq. Imri reste à l'arrière, sans savoir quoi faire. Vernestra se dirige vers le siège du pilote, mais Avon s'y est déjà installée, actionnant des interrupteurs et des molettes.

– Tu sais piloter ? demande Imri, sceptique.

En tant que Padawan, il n'a pas encore commencé son entraînement de pilote et Avon a au moins deux ans de moins que lui. Il se sent à la fois indécis et un peu jaloux que la jeune fille sache quoi faire, sans même que la Force la guide.

– J'ai volé ma première capsule de sauvetage quand j'avais six ans, lors d'un voyage diplomatique avec ma mère sur Mon Cala, explique-t-elle avec un grand sourire.

Néanmoins, ses mains tremblent et de la sueur coule sur son front. Imri perçoit sa peur mais reste admiratif : ses craintes ne l'empêchent pas de faire ce qu'il faut. Ils sont tous effrayés – voir un vaisseau se briser et s'ouvrir sur l'espace étoilé n'est pas un spectacle anodin –, mais chacun d'entre eux gère ses émotions à sa façon.

– Je vous recommande quand même de vous attacher, dit J-6.

La droïde s'installe sur une banquette et boucle son harnais de sécurité.

Vernestra s'assied à la place du copilote, à côté d'Avon. Imri se sangle en face de J-6, avec Honesty. Le Padawan sourit au jeune garçon.

– Tout va bien se passer.

– Tout se passe déjà mal, répond Honesty avec une telle conviction qu'Imri baisse les yeux et contemple ses mains en silence.

– Tous les systèmes semblent opérationnels, sauf les boucliers, annonce Avon depuis le cockpit. Il va y avoir beaucoup de débris quand on va se séparer du vaisseau, ajoute-t-elle gravement. Alors serrez les fesses !

Imri déglutit difficilement. Sans boucliers, un petit morceau du *Steady Wing* suffirait à signer leur arrêt de mort. Ils ne sont pas encore tirés d'affaire.

– Je peux m'en occuper, dit Vernestra. Enfin, des débris. Pas du serrage de fesses.

Avon rit.

– Eh bien, vive la Force !

La navette décolle avec une secousse puis s'éloigne rapidement du paquebot en perdition, vers le noir de l'espace. Imri ferme les yeux et tente d'envoyer une émotion à travers la Force, à l'intention de son maître, pour qu'il sache tout ce qu'il a représenté pour lui. Il se concentre, tremblant sous l'effort.

Cependant, le Jedi, comme le reste de la délégation dalnan, a déjà disparu.

JEDI

CHAPITRE 6

Avon éloigne la navette de maintenance de l'immense vaisseau, les mains serrées sur le manche. Elle aurait dû laisser les commandes à Vernestra. Tout le monde sait que les Jedi sont d'excellents pilotes : la Force leur donne un avantage sur presque tous les autres. Du moins, c'est ce que racontent les histoires. Et, après avoir vécu avec Vernestra à Port-Haileap, Avon est persuadée que les histoires sur les Jedi sont vraies. Qui, à part un Jedi, se laisserait aspirer vers l'espace pour fermer un rideau ? Personne qu'elle connaît, en tout cas.

Avon aurait dû laisser Vernestra piloter, mais, quand J-6 a indiqué la navette, elle s'est précipitée à l'intérieur et s'est installée à la place du pilote. Elle avait enfin l'occasion de se rendre utile et de penser à autre chose qu'à des vaisseaux en voie de désintégration ou à des Maîtres Jedi utilisant la Force pour lui sauver la vie.

Pauvre Douglas. Avon l'aimait bien. Une fois, il a complimenté son intelligence et lui a donné un bonbon aux baies acides qu'il avait dans sa poche. Elle trouve sa fin profondément injuste, absurde, illogique. Quelles sont les chances qu'un vaisseau se brise au milieu de l'espace ? Les hypervoies peuvent comporter des risques, notamment celles qui mènent vers la Bordure Extérieure. Pourtant, la plupart sont sûres, tant que tout le monde respecte les règles.

Ce qui vient de se produire n'a pas d'explication rationnelle, et c'est ce qu'Avon déteste le plus au monde.

À côté d'elle, Vernestra sursaute ; à l'arrière, Imri pousse un gémissement. Avon se retourne sur son siège pour regarder le Padawan, puis la Jedi à côté d'elle.

– Qu'est-ce qu'il y a ? Que s'est-il passé ?

– Le paquebot, il a disparu, dit Vernestra.

Tandis qu'Avon se demande ce qu'elle entend par là, les senseurs de proximité se mettent à hurler. Par la verrière, elle voit des débris filer près du vaisseau ; elle ne trouve qu'une seule explication à ce phénomène.

Le *Steady Wing* vient d'exploser.

Le cœur d'Avon se serre lorsqu'elle songe que Maître Douglas a disparu pour toujours. Ce n'est pas juste. Si la Force guide vraiment toute chose, comment des gens aussi bons que Douglas peuvent-ils mourir aussi bêtement ?

– Ça va ? demande Vernestra, faisant sursauter la jeune fille.

Elle observe Avon avec de grands yeux inquiets ; cette dernière essuie les larmes qui lui ont échappé.

– Super bien. Tu es prête ?

Vernestra lève un sourcil et Avon pousse un soupir agacé.

– Vern, tu as dit que tu allais utiliser la Force pour nous protéger. Les boucliers de ce modèle ne sont pas très puissants, les conditions empirent de minute en minute et nous devons traverser *ça*.

Devant elles, l'espace est jonché de débris du vaisseau et d'autres obstacles. Avon évite de les regarder de trop près, craignant d'en reconnaître certains ou de découvrir qu'il s'agit de passagers.

La jeune fille chasse cette image. *Concentre-toi sur l'instant présent. Contrôle tes pulsions, Avon.* La voix dans sa tête est celle de sa mère. La Sénatrice Ghirra Starros n'a jamais renoncé face à l'adversité, et même si Avon fait tout pour ne pas ressembler à sa mère, ce trait de caractère est précieux.

– Un pied devant l'autre, murmure-t-elle.

Les alarmes de proximité continuent de retentir, tirant Avon de ses pensées négatives. Elle a eu sa dose d'alarmes pour la journée.

La navette tremble, faisant sursauter tous les passagers. Derrière Avon, Imri et le jeune Dalnan, Honesty, s'agitent.

– C'est normal ? demande Imri.

– Non, c'est une mauvaise nouvelle de plus, répond Avon. Apparemment, les boucliers ne fonctionnent pas du tout.

– Je m'en charge, dit Vernestra, qui ferme les yeux et se cale contre le dossier de son siège.

Avon inspire profondément, souffle, puis la navette s'enfonce dans le champ de débris.

Depuis plusieurs années, la jeune fille est obsédée par l'idée d'une catastrophe. À chaque fois qu'elle voyage avec sa mère pour le compte de la République, elle adore raconter à qui veut l'entendre les faits et les risques associés aux longs voyages spatiaux. Des centaines de journaux de bord décrivent ce qui se passe quand un vaisseau se brise dans l'espace, comme dernièrement le *Legacy Run*. Avon est fascinée par les rapports sur cette catastrophe. Ce n'est pas à cause du nombre de victimes : elle veut comprendre ce qui a provoqué ce désastre, pour éviter qu'il se reproduise. Elle pense que la technologie est la solution à la plupart des problèmes, et même si elle a l'air de chercher les ennuis, elle cherche en réalité des réponses.

La réponse à un champ de débris causé par un paquebot en voie rapide de désintégration, ce sont les alarmes de proximité. C'est pourquoi tous les appareils en sont équipés, y compris les navettes de maintenance – même si elles restent habituellement près des vaisseaux qu'elles entretiennent. Cependant, les alarmes ne sont qu'une moitié de l'équation : sans système de protection, un débris risque d'ouvrir une brèche dans la coque. Avon s'inquiète, son cœur bat la chamade. Vernestra semble fatiguée, ses paupières closes et sa respiration régulière n'ont pas effacé les cernes autour de ses yeux. Avec un peu de chance, la Jedi pourra les aider à éviter la plus grande partie des obstacles.

Avon inspire de nouveau et accélère.

Les premiers débris tournoient autour d'eux, s'écartant et filant le long du vaisseau. La tension dans la poitrine de la jeune fille se relâche un peu. Tout va bien : ils ont évité le plus gros de la catastrophe.

Soudain, un grincement retentit, venu du toit de la navette, comme si un objet conséquent raclait la coque. Avon se tourne vers Vernestra en clignant nerveusement des yeux. La peau verte de la Jedi ruisselle de sueur.

– Désolée, souffle-t-elle.

Ses paupières sont serrées par la concentration, si serrées que les petits diamants qui ornent le coin extérieur de ses yeux ont presque disparu.

Les forces de Vernestra s'amenuisent, même si elle ne veut pas l'admettre.

L'entêtement de la Jedi agace un peu Avon : elle le trouverait admirable, si elle en avait le temps. À la place, elle se tourne vers son écran.

– Hé, Imri, lance Vernestra. Tu pourrais m'aider à protéger le vaisseau des débris ?

– Je peux essayer, répond le Padawan d'une voix tremblante.

Avon compatit avec lui : le garçon vient de perdre son maître, il y a quelques minutes à peine. La tristesse peut-elle entraver la capacité d'un Jedi à utiliser la Force ? Elle espère bien que non.

La jeune fille a le regard fixé sur les données des senseurs de proximité.

– Eh bien, dit-elle, dans le cas contraire, on est aussi cuits qu'un ragoût de joppa, si tu vois ce que je veux dire.

Aux yeux d'Avon, il n'y a rien de pire que le ragoût de joppa.

– Je peux y arriver, répond-il, même s'il ne semble pas complètement convaincu.

Si Vernestra et Imri ne parviennent pas à faire office de bouclier, Avon va devoir improviser.

Heureusement, elle est douée pour ça.

Elle fait quelques calculs de tête ; ce sera périlleux, mais elle pense pouvoir réussir. C'est probablement une bonne chose qu'ils n'aient pas eu le temps de dîner.

– Accrochez-vous, lance-t-elle.

– Ô, joie, dit J-6.

Avon pousse les moteurs du petit appareil à fond et braque violemment le manche vers la gauche. La navette s'incline, comme ce manège que la jeune fille a essayé une fois à la Foire de la République. Deux secondes plus tard, elle inverse la manœuvre, puis tire le manche vers elle. Le vaisseau change brutalement de direction. Il slalome entre deux gros morceaux du paquebot, puis s'élève pour éviter un autre débris.

– Comment as-tu appris à piloter? demande Honesty.

– Avec un simulateur, mais j'emprunte de vrais vaisseaux pour m'entraîner depuis que j'ai six ans.

– Elle veut dire «je vole de vrais vaisseaux», corrige J-6.

– Je ne me sens pas très bien, dit Imri.

– On a passé le plus gros, fait Avon. Vern, tu tiens bon?

– Oui.

Sa voix est à peine plus qu'un souffle. De nouveau, la tension et l'inquiétude envahissent Avon. Que se passe-t-il quand un Jedi utilise trop la Force? Tombe-t-il malade? Vernestra va peut-être se flétrir et devenir une petite vieille sous ses yeux, se sacrifiant en un grandiose acte final.

À vrai dire, cette idée effraie davantage Avon que les débris de l'espace qui menacent la navette. Mais les Jedi sont puissants, leurs armes sont alimentées par une source d'énergie presque infinie. Tout ira bien pour Vernestra.

Il le faut.

Avon, qui aime habituellement trouver des solutions à ses problèmes, décide qu'elle ne veut pas connaître la réponse à cette question. Elle se concentre de nouveau sur les manœuvres de la navette, qui glisse entre les derniers obstacles.

La jeune fille accélère et fait une embardée, puis un tonneau pour éviter que les ailes fragiles de l'appareil heurtent un dernier morceau de l'épave. Les senseurs de proximité se taisent et les inquiétants affichages rouges redeviennent verts.

– On n'est pas morts, dit Honesty.

Avon retient un soupir. Elle se demande si elle est toujours censée se montrer diplomate avec le garçon, qui est a priori le dernier membre de la délégation dalnan.

C'est alors que la jeune fille comprend vraiment : tous ces gens, tous les passagers du vaisseau sont morts. Certains ont peut-être pu atteindre des capsules de sauvetage, mais elle en doute. Douglas et les diplomates dalnans ont eux aussi disparu, y compris l'Ambassadeur Weft. Avon essaie d'imaginer ce qu'elle ferait si elle avait dû abandonner sa mère dans un paquebot de luxe sur le point d'exploser.

Son cœur se serre douloureusement à cette idée, une sensation plus que désagréable. Pauvre Honesty.

– Eh bien, en ce qui me concerne, je ne serais pas morte, lance J-6 à la cantonade. J'aurais simplement flotté dans la galaxie, mes circuits gelant lentement, une balise de sauvetage clignotant jusqu'à ce que mes systèmes s'éteignent. Mais, effectivement, je suppose que c'est mieux ainsi.

Avon se contorsionne pour regarder sa droïde. OK. Le programme d'autoactualisation fonctionne peut-être un peu trop bien.

– Bien joué, dit-elle finalement à Vernestra en se tournant de nouveau vers les commandes.

Elle actionne des interrupteurs et vérifie les systèmes, mais plus elle vérifie, plus son cœur chavire.

Apparemment, ils ne sont pas encore tirés d'affaire.

JEDI

CHAPITRE 7

Honesty Weft ne va pas pleurer.

Il cligne plusieurs fois des yeux, inspire profondément, comme on le lui a enseigné durant ses cours d'arts défensifs. Centré. Ancré. Un guerrier garde son calme, même en plein chaos.

Cependant, aucun guerrier dalnan n'a jamais affronté de telles conditions. Après tout, il n'y a pas eu de guerre sur Dalna depuis plus d'un siècle. Et, lorsque des batailles éclatent, elles ont lieu sur la surface de la planète, là où il y a de l'air.

Honesty ne voulait pas participer à ce voyage. Il a tenté de l'éviter, de rester chez lui, d'étudier pour sa Métamorphose. Il veut devenir officier médical de combat : c'est un des entraînements les plus difficiles. Néanmoins, sa mère l'a obligé à accompagner son père pour sa mission diplomatique et, comme toujours, son père a accepté sa décision.

« Avant de choisir une carrière, essaie différentes choses, a-t-elle dit en préparant ses bagages. C'est en voyageant qu'un universitaire ou un guerrier peut élargir son horizon. Voyage, Honesty. Visite la galaxie avec ton père et ramène-moi des récits pour l'histoire familiale. Pars à l'aventure ! C'est ce que les garçons de ton âge ont envie de faire, plutôt que de s'entraîner en vue d'une guerre qui n'arrivera jamais. »

Cela a agacé Honesty que sa mère, qui a grandi sur la lointaine Correlia et est venue sur Dalna après avoir rencontré son père à l'université, parle avec tant de nonchalance de naviguer parmi les étoiles. La plupart des Dalnans ne s'aventurent jamais hors des zones tempérées, et rares sont ceux qui quittent leur planète.

Désormais, Honesty comprend pourquoi.

Après cette course folle entre les vestiges du *Steady Wing* – un vaisseau entier qui disparaît ! –, les passagers de la navette restent un long moment silencieux. Ils n'ont pas l'impression d'avancer. La droïde fredonne un air étrange ; le jeune homme à côté d'Honesty fixe ses mains comme s'il attendait que quelque chose apparaisse entre ses doigts ; la Jedi à la peau verte, une Mirialan, dort en ronflant bruyamment. Cependant, personne ne parle, pas même la jeune fille de la République, qui semble apprécier toutes ces péripéties.

Honesty inspire de nouveau et une douleur vive lui vrille l'estomac. Pourquoi s'est-il disputé avec son père ? Pourquoi n'a-t-il pas été un bon fils, obéissant ? Et s'il ne revoyait jamais son père, s'il n'avait plus jamais l'occasion de lui dire qu'il l'aime et qu'il est désolé de son manque de rigueur ?

Le garçon fait de son mieux pour ne pas paniquer, mais il sent monter des larmes incontrôlables. À chaque fois qu'il ferme les yeux, il voit le visage de son père, terrifié et résigné, tandis qu'une puissance invisible l'éloigne de lui, du mauvais côté de la barrière de sécurité.

– Ça va ? demande le jeune homme assis à côté de lui.

Imri Cantaros, le Padawan. Il ressemble moins à un Jedi – ou en tout cas à l'image qu'Honesty en avait – qu'à un de ces fermiers qui labourent la terre sur Dalna. Imri fait une bonne tête de plus que lui et est aussi épais qu'Honesty est maigre. Toutefois, son visage est incroyablement bienveillant et ses yeux brillent d'inquiétude.

– C'est la guerre. Je vais bien, répond Honesty sèchement, pour éviter que sa voix tremble.

Centré. Fort. Ancré.

Son père a-t-il été déçu lors de ce dernier instant ? A-t-il trouvé qu'il se montrait encore une fois capricieux ? Les pensées se bousculent dans l'esprit du garçon, qui régule sa respiration pour ne pas être submergé par ses émotions.

Imri l'observe un long moment avant de hocher légèrement la tête.

– Je suis désolé pour ton père.

Honesty cligne des yeux et se tourne vers son voisin.

– De quoi tu parles ?

En entendant les paroles du Padawan, il sent vaciller en lui la petite flamme d'espoir qui lui reste au sujet de son père.

Imri rougit et s'éclaircit la gorge.

– Nous sommes les seuls survivants. Tous les autres sont… morts.

– Tu n'en sais rien.

– Bien sûr que si, intervient une voix. Imri est un Padawan, une sorte d'apprenti Jedi. Et les Jedi possèdent la Force, qui relie tous les êtres vivants.

La jeune fille à la peau brune – elle s'appelle Avon – se retourne et lui lance un regard qu'il ne relève pas. Il n'est pas stupide, mais, à en croire son expression, elle ne le trouve pas très futé.

– De plus, les chances que quelqu'un ait survécu sont… minces, poursuit-elle avant de marquer une pause, son air condescendant se muant en tristesse. Je suis désolée pour ton père. Ma mère ne tarissait pas d'éloges à son sujet dans l'holo qu'elle m'a envoyé – et pourtant, elle n'aime personne.

Les larmes s'accumulent dans les yeux d'Honesty et il baisse la tête avant qu'elles ne coulent. Ah. Il comprend maintenant pourquoi Imri regardait ses mains. Il est plus facile de dissimuler ses pleurs quand on ne peut pas voir votre visage.

– Moi aussi, je suis désolé pour ton père, dit Honesty, la gorge nouée, au garçon à côté de lui.

– Ce n'était pas mon père. C'était mon maître, répond Imri, d'une voix affligée.

– Quel était son rôle ?

Il n'y a pas beaucoup de Jedi sur Dalna et ils restent discrets, n'intervenant que lorsque l'on fait appel à eux. Ils ne ressemblent pas à ceux qu'Honesty a rencontrés à Port-Haileap.

– Il m'apprenait à être un bon Jedi, à être plus en accord avec la Force, explique Imri.

Honesty hoche la tête.

– Ça ressemble un peu au rôle d'un parent.

Le visage du Padawan s'affaisse, sa douleur devenant plus apparente encore.

– Ouais, j'imagine.

De nouveau, le silence se fait ; tandis qu'ils filent dans l'implacable obscurité de l'espace, le seul bruit dans la navette est celui de la droïde qui continue de fredonner. Honesty regarde autour de lui : il est vraiment en train de vivre une aventure.

Et il n'aime pas du tout ça.

JEDI

CHAPITRE 8

Vernestra se réveille en sursaut. Elle ne se rappelle pas s'être endormie. Cependant, son corps bourdonne, comme à chaque fois qu'elle a puisé intensément dans la Force. Elle n'est pas fatiguée, mais elle ressent un vide intérieur, qui provient autant de la faim que des effets secondaires de son immense effort mental. Même si elle médite régulièrement, elle a rarement besoin de manier une telle puissance en une seule fois. Lutter contre le vide naturel de l'espace n'a pas été facile.

Lorsqu'elle était novice, dès qu'elle a su se projeter dans la Force, elle le faisait régulièrement, juste pour ressentir ce frisson, cette sensation calme de la galaxie, de toutes les vies et de toutes les énergies qui la parcourent. Quand elle est devenue Padawan, elle se connectait à la Force durant sa méditation, comme si elle enfilait une tunique particulièrement confortable, après une dure et longue journée de travail. À la suite de ces séances, son esprit dérivait souvent, bercé par un sentiment de justesse et de paix.

Le sommeil dont elle émerge ne lui a pas apporté ce type de repos. Vernestra s'étire, son corps est douloureux, son cœur cogne dans sa poitrine. Elle a testé ses limites en aidant Douglas à maintenir l'intégrité du vaisseau, puis en repoussant les débris, quand ils ont fui l'épave du *Steady Wing*.

Douglas. Une tristesse aiguë la saisit quand elle pense au Maître Jedi. Il a retrouvé la Force cosmique qui relie toutes choses dans la galaxie. À chaque fois qu'elle méditera avant de se coucher, Vernestra sentira ce lien – et les échos de Douglas. La Force cosmique est calme, elle guide les Jedi, les aide à atteindre une forme de sagesse. Et tous les êtres vivants y retournent après leur mort. Pourtant, cela ne minimise pas la douleur que Vernestra éprouve quand elle pense au Jedi. C'est lui qui l'a accueillie lors de son arrivée à Port-Haileap, lui qui l'a félicitée d'avoir réussi si jeune ses épreuves : « Quand j'avais ton âge, Vern, j'essayais toujours de comprendre la Troisième Cadence. Tu es une Jedi exceptionnelle. Je suis fier d'avoir l'occasion de travailler avec toi avant que tu deviennes membre du Conseil ! » Douglas avait alors ri de bon cœur et Vernestra s'était aussitôt sentie à l'aise, bienvenue.

Désormais, il a disparu.

– Imri, appelle Vernestra en se retournant.

La peine du Padawan flotte dans les airs, tout autour de lui. Elle filtre à travers la Force et attire Vernestra, qui quitte son siège pour venir le rejoindre. Elle n'est pas empathe – Imri est bien plus sensible qu'elle aux émotions des autres –, mais il est impossible d'ignorer sa souffrance dans l'espace restreint de la navette.

– Je suis désolé, je vous ai réveillée ? demande-t-il en levant les yeux quand Vernestra s'installe sur sa gauche.

– Non, j'avais fini de me reposer. Comment te sens-tu ?

– Très mal, dit-il tandis qu'une larme coule sur sa joue, suivie d'une autre. Mais je sens vaguement mon maître quand je puise dans la Force, ce qui me console un peu.

Vernestra pose le bras sur les épaules du garçon et le serre contre elle.

– Quand j'étais novice, un de nos maîtres âgés est mort au beau milieu d'une séance de méditation. Nous l'avons presque tous senti et, même s'il a continué à nous manquer, cela nous a aidés de savoir qu'il était parti dans la paix et la joie. J'espère que c'est ce que tu ressens quand tu fais appel à Douglas dans la Force.

Imri lève la tête pour regarder la Mirialan dans les yeux.

– Vous pensez qu'il est mort en paix ?

Vernestra grimace. Elle sent toujours l'écho de l'explosion, la peur, les vies perdues lors de cette catastrophe.

– Non, mais je pense qu'il est parti en sachant qu'il nous avait sauvés. Il est mort en faisant ce qu'un Jedi doit toujours faire : placer la volonté de la Force, la protection de toutes les formes de vie, au-dessus de lui.

Imri hoche la tête ; les larmes continuent de couler sur ses joues pâles. Honesty Weft est assis sur sa droite, l'air grave. Ses yeux sont secs. La tristesse du garçon semble faible comparée à la douleur du Padawan. Cependant, chacun pleure ses morts à sa façon, et Honesty n'a peut-être pas encore intégré la disparition de son père ni celle de la délégation dalnan. Vernestra le connaît à peine, alors elle se contente de lui prendre la main. Il sursaute.

– Je suis désolée pour ton père, dit-elle d'une voix douce.

– Merci, marmonne-t-il.

Elle a envie d'en faire plus, mais décide qu'il vaut mieux le laisser tranquille pour l'instant.

– Hé, Vern, appelle Avon. Tu pourrais venir ici ? Tout de suite ?

Vernestra se lève et retourne dans le cockpit, qui n'est qu'à quelques pas du compartiment passager.

– Que se passe-t-il ?

– OK, bon, tu sais que la navette n'a plus de boucliers. Eh bien, ce n'est pas tout. J'essaie d'activer la comm depuis qu'on est sortis du champ de débris, mais je ne reçois rien, pas même des parasites.

Vernestra fronce les sourcils.

– Même une navette de maintenance devrait être équipée du minimum vital. Un système de navigation, une comm, voire un hyperdrive.

– Nous avons un demi-hyperdrive, lance J-6 depuis l'arrière de l'appareil.

Vernestra rejoint la droïde, qui se tient près d'un trou dans le sol. Elle a ouvert l'écoutille de maintenance du moteur et émet de petits bruits désapprobateurs en examinant les composants.

– Que fais-tu ?

La droïde indique un dispositif mécanique qui semble avoir été écrasé.

– J'enquête. Cela fait partie de ma programmation centrale, bien que j'utilise habituellement cette fonction pour retrouver Avon.

– J-6 est une droïde garde du corps reconvertie, explique l'intéressée depuis le cockpit. Ma mère pense que les droïdes gouvernantes sont une perte de crédits, parce que les enfants grandissent trop vite.

– Ta mère t'a donné une droïde garde du corps comme gouvernante ? demande Honesty, incrédule.

Avon soupire.

– Tu comprendras le jour où tu feras sa connaissance.

– Revenons à la navette, coupe Vernestra.

– D'accord, fait Avon, tandis que J-6 continue de scanner le moteur et les autres systèmes. Nous n'avons pas de système de navigation ni de cartes, rien qui puisse nous aider à choisir une destination.

– Et nous ne pourrons pas activer cet hyperdrive, annonce finalement J-6, qui referme l'écoutille et se redresse. On dirait que quelqu'un a saboté cette navette. Nous avons de la chance qu'elle puisse voler.

– Ce n'est pas très encourageant, marmonne Honesty.

– Malgré ce que disait Maître Douglas, je ne suis pas certaine que l'hyperespace soit sûr, dit Vernestra d'un air soucieux. On risque toujours de rencontrer une Émergence.

Elle replace une mèche de cheveux noirs qui s'est échappée de son attache, puis s'installe de nouveau dans le siège du copilote.

– Pourquoi est-ce que tous les systèmes sont déconnectés ? demande-t-elle.

– Un sabotage, répond J-6, dont les paroles sont suivies d'un long silence pensif.

– C'est vraiment la seule explication qui colle avec ce que nous avons vu, dit Avon. Il y a eu plusieurs explosions, les unes après les autres. S'il s'était agi d'une Émergence, nous n'aurions eu aucune chance d'y échapper. Le vaisseau aurait disparu d'un coup : ka-boom !

Vernestra inspire profondément, puis souffle. Avon a raison, même si « ka-boom » n'est pas la manière la plus délicate de décrire la destruction d'un vaisseau.

– Vous pensez que quelqu'un a pu planifier l'attaque du *Steady Wing* ? demande Imri en fronçant ses sourcils blonds.

– Les risques de percuter un objet non identifié en voyageant dans l'espace réel sont très réduits, vu le niveau actuel des systèmes conçus pour éviter ce genre de problème, explique froidement la droïde. De plus, les chances que plusieurs systèmes dysfonctionnent en même temps sur le même appareil sont encore plus minces. Je peux vous montrer les calculs, si vous le désirez. Quel est votre niveau en preuves théoriques gherilliennes ?

Vernestra lance un regard à Avon, qui semble beaucoup trop contente d'entendre ces mauvaises nouvelles. Dès que la jeune fille se rend compte que la Jedi l'observe, son expression ravie laisse place à un air un peu plus inquiet. Avon n'est pas du genre à se réjouir du malheur des autres : Vernestra la soupçonne d'avoir vraiment modifié les commandes de base de la droïde de protocole.

– J-6 a raison, dit Avon. Mais ce n'est pas le problème pour l'instant. Nous n'avons nulle part où aller et aucun moyen de nous orienter. Notre réserve de carburant n'est pas infinie. Les niveaux atmosphériques sont corrects pour le moment, en supposant qu'il y ait quelques ressources de base dans ces compartiments. Mais, d'ici demain, les choses vont devenir… préoccupantes.

– Les possibilités sont limitées, intervient J-6. Nous connaissons les planètes du Système Haileap. Comme nous n'avons pas sauté en hyperespace, nous n'avons pas pu parcourir une très longue distance.

Nous pouvons tenter notre chance vers Haileap ou essayer de trouver une destination plus proche. Mon almanach indique qu'il existe quelques destinations habitables, bien qu'aucune ne soit idéale.

– Sans système de navigation, une supposition en vaut une autre, dit Avon en haussant les épaules.

– Je pourrais essayer de cheminer, propose Imri d'une voix hésitante. En utilisant la Force. Maître Douglas avait commencé à m'apprendre comment faire.

En voyant la mine perplexe d'Avon et de Vernestra, le garçon s'explique.

– Je… heu… devrais être capable de détecter un endroit où la vie abonde, tant que je sais quoi chercher. Si des créatures vivent sur une planète, elle est a priori assez sûre pour nous. N'est-ce pas, Vern ?

– Oui, confirme la Jedi en hochant la tête. Bonne idée.

Ce n'est pas gagné. Vernestra a seulement entendu parler de cette technique : elle est le plus souvent utilisée par des Maîtres Jedi chevronnés, qui s'y sont entraînés toute leur vie. Néanmoins, elle espère qu'en ayant quelque chose à faire, le garçon pourra affronter un peu plus facilement la perte de son maître. Parfois, les distractions sont utiles.

– D'accord. Comme le système de navigation est hors service, je peux simplement faire pivoter le vaisseau jusqu'à ce qu'il pointe dans la bonne direction ? demande Avon, d'une voix pleine de doute.

Imri acquiesce.

– Oui, ça devrait marcher.

Il ferme les yeux et se met à respirer de manière régulière, méditant comme les novices apprennent à le faire durant leurs premières semaines dans le temple. Les tâches importantes, comme se projeter sur de longues distances, sont toujours plus efficaces quand l'utilisateur de la Force est calme et centré. Or, après les évènements des dernières heures, ils sont tous à cran – ce qui est bien naturel.

La tête de Vernestra bourdonne encore. La Jedi se sent toujours vidée par ses derniers efforts. Si elle fait appel à la Force maintenant, elle risque encore une fois de s'endormir malgré elle.

Les paupières closes, Imri se projette dans la Force. Cependant, quelque chose cloche dans sa technique. Vernestra s'approche et lui prend la main.

– Imri, concentre-toi, dit-elle en fermant les yeux pour le contacter mentalement.

Ce genre de lien est essentiellement passif : être réunis par la Force est une sensation naturelle, juste. Ils font tous partie de la Force vivante, comme de la Force cosmique ; ce contact avec l'énergie de la vie soulage quelque peu la fatigue de Vernestra. Il est facile pour un Jedi de se perdre dans l'immense potentiel de la Force. On répète souvent aux novices qu'ils doivent se souvenir des besoins de leur propre corps et s'en servir pour ancrer leurs pensées. En restant trop longtemps dans la Force, on se sent lumineux, mais la matière brute qui constitue les corps a besoin de soins, de nourriture : ces besoins sont le fil qui relie le Jedi à sa forme physique.

Imri s'apaise et Vernestra sent qu'il cherche le moyen de détecter les formes de vie environnantes. Elle n'essaie pas de le guider, elle l'observe, comme son propre maître l'a peut-être fait avec elle, quand elle est devenue Padawan. La Jedi laisse Imri comprendre par lui-même. Elle sent le moment où sa quête débute : chaque être vivant est illuminé par sa connexion avec la Force. Honesty et Avon brillent vivement, mais, derrière eux, il n'y a que l'obscurité, à part quelques images qui vacillent, à la limite de leurs perceptions.

Imri se tourne dans la direction d'où ils viennent, vers l'endroit où le *Steady Wing* a été détruit. Vernestra a envie de l'écarter du site de la catastrophe, mais elle sent qu'il a déjà sondé plusieurs fois les lieux. Alors elle le laisse observer une dernière fois les débris du vaisseau.

Il n'y a aucun signe de vie.

Aucune autre navette non plus. Imri cherche de plus en plus loin. Rien. Pas la moindre trace de la chaleur et des émotions, de la faim et de la joie, de l'épuisement et de la peur qui caractérisent la vie dans toute la galaxie. Imri commence à désespérer. Il atteint ses limites et n'a trouvé aucune étincelle de vie.

– Encore un peu, dit Vernestra. Un peu plus loin.

Elle transmet au Padawan une partie de son énergie, comme elle a aidé Douglas dans la salle à manger du *Steady Wing. Non, ne pense pas au* Steady Wing, se dit-elle. *Concentre-toi sur la vie et la suite des choses.*

Mais ils ne trouvent rien.

Vernestra ouvre les yeux. Avon et Honesty les observent. J-6 paraît pour sa part occupée à chercher une prise pour se recharger. Avon penche la tête, ses lèvres serrées forment une ligne étroite.

– Alors ?

Vernestra secoue la tête et Imri soupire.

– Désolé, dit-il. Mais il n'y a rien dehors : nous sommes seuls.

Vernestra lui tapote la main.

– Ce n'est pas ta faute, Imri. On continue à avancer, on pourra réessayer plus tard.

– Le temps est compté, marmonne Avon.

En voyant le regard que lui lance Vernestra, elle se lève d'un bond de son siège.

– Vern a raison. En continuant notre voyage, on finira peut-être par trouver quelque chose. On devrait manger et essayer de se reposer un peu tant que c'est possible. La journée a été éprouvante, mais, avec un peu de chance, il y a de bons repas dans ces compartiments.

Honesty se dirige vers le placard le plus proche et en sort des sachets de nourriture.

– On dirait qu'il y a seulement du « ragoût de joppa ».

J-6 émet un son qui ressemble à un ricanement moqueur. Vernestra fronce les sourcils. Un droïde qui rit ? Elle n'a jamais vu de droïde avec le sens de l'humour.

– Quel est le problème, J-6 ?

– Avon a horreur du ragoût de joppa, répond la droïde. Elle en a mangé pendant un mois quand nous étions sur Mon Calamari. C'était la seule chose que j'étais programmée à cuisiner à l'époque.

– C'est vrai, dit Avon en poussant un gros soupir. Ça craint.

– Toutes les aventures sont censées se passer ainsi ? demande Honesty en regardant d'un air suspicieux les sachets de nourriture.

– Si c'était le cas, personne ne partirait de chez lui, répond Avon.

CHAPITRE 9

Assis à la place du copilote, Imri laisse dériver son esprit. Il ne sait pas du tout piloter. Maître Douglas avait prévu qu'ils effectuent de courts vols, à leur retour de l'inauguration du Flambeau Stellaire, mais ils n'en auront plus l'occasion. Une boule se forme dans la gorge du Padawan, comme à chaque fois qu'il pense à son maître. Douglas est retourné à la Force en héros, mais cela ne rend pas sa perte moins douloureuse.

Imri surveille les commandes pendant qu'Avon et Honesty, les deux plus jeunes du groupe, ronflent à l'arrière. Ils se sont endormis juste après avoir mangé, physiquement épuisés par les efforts fournis pour survivre à cette tragédie. Le seul bon moment a été celui où Avon a essayé d'avaler le ragoût de joppa. Elle a fait tout un numéro, pour que les autres puissent rire de son calvaire ; cependant, Imri est de nouveau submergé par la tristesse. Quand il était novice, il a eu divers instructeurs dans le temple, mais il a passé les deux dernières années avec Douglas. La disparition du Jedi le touche davantage qu'il ne l'aurait pensé. Il sait que s'il maîtrisait mieux ses émotions, il ne ressentirait pas si profondément cette perte. Cependant, il ne peut pas s'en empêcher.

Imri, ne t'apitoie pas sur ton sort ! Un Jedi ne se laisse jamais dépasser par les évènements. Il considère le problème qui lui fait face, inspire profondément et fait confiance à la Force pour le guider. La voix n'est pas vraiment celle de Douglas, mais le souvenir de ce conseil bienveillant est trop parfait pour être ignoré.

Imri régule sa respiration. Près de lui, Vernestra dort sur le siège du pilote, prête à réagir immédiatement si une alarme se déclenche. Même durant cette série de crises, elle est restée calme, sereine et concentrée. Elle a à peine deux ans de plus que lui et elle est déjà un Chevalier Jedi. En la regardant travailler, Imri s'est senti anxieux, immature, comme s'il était toujours un novice et non pas un Padawan à part entière.

Tu ne peux pas te juger en te comparant aux autres, Imri. Tu ne peux te juger qu'à l'aune de tes propres efforts.

Le garçon inspire de nouveau, puis souffle avant de fermer les yeux. S'il le désire, il peut voir Douglas qui lui sourit, qui l'encourage à tenter une nouvelle fois de léviter ou qui lui explique pour la centième fois comment remonter son sabre laser. Son maître l'a toujours soutenu, il a toujours cru en sa capacité à réussir.

Dans le temple, les autres novices se moquaient de lui ou le grondaient lorsqu'il n'arrivait pas à terminer une leçon aussi vite qu'eux – alors qu'un Jedi ne doit pas se montrer orgueilleux. Douglas, pour sa part, n'a jamais soupiré, ne s'est jamais impatienté. Il se contentait de glousser et de montrer une fois de plus l'exercice à son apprenti, encore et encore, jusqu'à ce qu'il le maîtrise.

Il a toujours cru en lui, même si Imri doutait secrètement de sa capacité à devenir un grand Jedi ; Douglas lui a donné du courage dans les moments où il en manquait le plus.

Désormais, le Maître Jedi a disparu et le Padawan se demande ce qu'il est censé faire.

Les paupières closes, toujours plongé dans ses souvenirs, il sonde de nouveau l'espace obscur à travers la Force, en direction des étoiles, des lunes et des mystères que leur aurait révélés un système de navigation en état de marche. Tandis qu'il cherche un endroit propice à la vie, un lieu sûr où ils pourront poser la navette, les souvenirs de son maître l'apaisent. Il se sent fort, sûr de lui : Douglas n'a pas plié, il a fait preuve de courage, même face à la mort.

Imri en est lui aussi capable.

C'est alors qu'il perçoit quelque chose, comme s'il avait tapé dans un nid de qwizers : soudain, une vie grouillante, bruyante, s'impose à lui.

Imri hoquette et réintègre son corps en sursaut. Sur le siège voisin, Vernestra se redresse en se frottant les yeux.

– Hé, que se passe-t-il ?

– Je crois… Je crois que j'ai trouvé une planète. Mais pas n'importe laquelle, une planète pleine de vie.

La Jedi sourit et hoche la tête.

– Peux-tu me la montrer ?

Imri acquiesce et se projette dans la Force. Au début, il est un peu hésitant, mais il prend une grande inspiration, se stabilise et parcourt sa connexion vers le lieu qu'il a senti plus tôt : son esprit se souvient du chemin.

L'endroit est une jungle luxuriante, aux arbres antiques couverts de lianes. Les cris aigus des animaux percent l'air, qui est chaud et humide. Alors qu'Imri commence à transpirer à cause de la température, bien supérieure à celle de la navette, il revient dans son corps.

– Imri ! Tu as réussi ! lance Vernestra.

Elle rejette ses cheveux en arrière, se penche en avant et actionne des interrupteurs pour augmenter la puissance du moteur.

– Je peux nous orienter dans cette direction. Apparemment, ce n'est pas très loin. On se dirigeait vers cette planète depuis le début, mais, sans toi, on ne l'aurait peut-être jamais su.

Elle marque une pause et se tourne vers lui avec un grand sourire.

– Bien joué, Padawan.

Imri rougit de joie, ses joues s'échauffent. Peut-être qu'il pourra quand même devenir un Jedi. Il peut y arriver.

– Merci. Qu'est-ce qu'on fait, maintenant?

Vernestra finit de manipuler les commandes et d'appuyer sur des boutons, puis s'adosse à son siège avec un grand bâillement.

– Maintenant, on attend.

JEDI

CHAPITRE 10

Quand Avon se réveille, Imri est assis à la place du copilote et Vernestra lui décrit calmement les différents instruments du tableau de bord. En face d'Avon, sur l'autre banquette, Honesty ronfle, couché sur le dos, la bouche ouverte. Si elle n'était pas aussi triste pour lui, ce spectacle l'aurait amusée. Elle trouve le garçon un peu étrange, mais elle ne sait pas si c'est parce que tous les Dalnans ont l'air bizarres, avec leurs vêtements simples et leur défiance envers les étrangers, ou parce qu'il s'est muré dans sa peine. Avon essaie de ne pas le juger, mais c'est ce que fait un esprit scientifique : juger, évaluer, analyser. J-6 fustige régulièrement sa manière de parler de l'étiquette. « Il n'est pas indispensable de décortiquer la raison pour laquelle les Mon Calamari sont choqués lorsqu'on éternue bruyamment : il vous suffit de savoir que c'est leur point de vue. Tout ne mérite pas d'être analysé, Avon. »

Avon pense pourtant que c'est le cas. Elle brûle de comprendre les choses et, lorsqu'elle n'y parvient pas, une frustration aiguë la pousse à se comporter de manière irrationnelle jusqu'à ce qu'elle obtienne une explication. C'est pour cela que sa mère l'a exilée à Port-Haileap.

« Tu trouveras peut-être ce que tu cherches, aux confins de la galaxie, ma chérie, a-t-elle dit, énervée, pendant qu'elle faisait les valises de son unique fille. J'ai essayé de t'enseigner la diplomatie, mais il est évident que tu t'intéresses uniquement à tes recherches scientifiques. Port-Haileap dispose d'un labo provisoire et la professeure Glenna Kip partage certaines de tes interrogations sur la Force et la vie en général. Cela te fera du bien d'avoir un mentor qui a plus de choses en commun avec toi. »

Cependant, quand Avon est arrivée, la professeure Kip était partie à la recherche d'un artefact et la jeune fille s'est retrouvée livrée à elle-même. Douglas l'a gentiment invitée à participer aux leçons d'Imri, bien qu'elle n'ait pas une once de sensibilité à la Force. Et ce temps passé en compagnie du Padawan a aiguisé la curiosité d'Avon au sujet de la Force et des cristaux kyber des Jedi. Ces cristaux sont une source d'énergie presque illimitée, les applications potentielles sont infinies. Il est absurde que seuls les Jedi les exploitent.

Avon va être la première à analyser les kyber et leurs propriétés. Elle se servira de ses découvertes pour postuler à l'Université de Coruscant, et pourra ainsi rentrer chez elle. Elle ne sera plus coincée au milieu de nulle part. Elle retrouvera les plats de poisson hela frits, bien chauds, pour le dîner, les matchs de wicket ball et toutes ces choses qui font de Coruscant un endroit fantastique. Des choses qui n'existent pas à Port-Haileap. Comme la civilisation.

Si elle n'avait pas quitté sa planète, elle ne se serait pas retrouvée à bord d'une navette dont les vivres s'amenuisent. Cette prise de conscience lui donne envie de pleurer.

– Hé !

Avon se tourne vers les Jedi dans le cockpit, qui la regardent depuis leur siège.

– Tu as faim ? demande Vernestra.

– Il y a soudain autre chose que du ragoût de joppa ? Vous avez fait apparaître quelque chose de vraiment bon avec la magie de la Force ?

Avon n'avait pas l'intention de répondre aussi sèchement. Elle inspire, tentant d'apaiser sa saute d'humeur. C'est sa faute si elle a été envoyée à Port-Haileap. Elle ne peut s'en prendre qu'à elle-même.

– Non, répond Imri avec un sourire, en ignorant le ton de la jeune fille. Mais, la bonne nouvelle, c'est qu'on approche d'une planète.

– Quoi ? Vraiment ?

Avon se lève de la banquette pour pouvoir regarder par le cockpit. Là, au milieu de la verrière, un petit globe vert brille, qui orbite apparemment autour de deux planètes.

– Je pense qu'il s'agit plutôt d'une lune, et elle est vraiment petite, dit Avon dont l'enthousiasme retombe face à ce spectacle. C'est une géante gazeuse double ?

– On dirait bien, répond Vernestra. Comme nous sommes toujours dans le Système Haileap, je suppose qu'il s'agit de Nixus et Neralus. Ce qui signifie qu'il n'y a rien d'autre dans le coin. En l'absence de comm, on ne pourra pas le savoir avant de s'y poser.

– OK. Une autre question. Pourquoi est-ce qu'on a essayé de nous tuer ? demande Avon.

Elle a tourné et retourné les évènements dans sa tête, sans trouver la moindre explication. Plus elle y réfléchit et plus son cœur s'emballe. Pas de peur, mais d'excitation. C'est un problème à résoudre, un mystère à élucider. Elle connaît le « quoi », mais le « qui » et le « pourquoi » lui échappent encore.

– Rien ne dit que c'est ce qui s'est passé, répond Vernestra, un peu trop vite.

Avon penche la tête dans sa direction.

– La Force te permet-elle de voir le passé ? Peux-tu découvrir pourquoi le *Steady Wing* a été détruit ? D'où venaient les explosions ?

La Mirialan rougit.

– Certains Maîtres Jedi peuvent utiliser la Force ainsi, mais, non, j'en suis incapable. Et puis, qu'est-ce que ça change ? Nous avons des problèmes plus immédiats. C'était certainement une Émergence, Avon, et rien d'autre. Juste un terrible accident de plus, que personne n'aurait pu prévoir.

– Tu ne penses pas ce que tu dis. On en a parlé. En cas d'Émergence, les choses se seraient passées différemment.

– Avon, soupire Vernestra. Quelle importance ?

– C'est important, car quelqu'un a tué Douglas et le père d'Honesty, réplique Avon, qui a du mal à croire que la Jedi puisse se montrer si insouciante. De plus, si c'était une attaque, comment savoir si nous sommes hors de danger ? Et si quelqu'un attend simplement qu'on se pose pour finir le travail ?

– Personne ne nous a suivis, dit Imri. Je m'en serais rendu compte.

Avon se sent soudain penaude. Elle a oublié que le Padawan a sondé l'épave du *Steady Wing* à la recherche de survivants, puis a fouillé l'espace pour trouver un signe de vie. Cependant, une autre idée lui vient.

– Et s'ils ont envoyé des droïdes à notre poursuite ? Tu n'aurais pas pu les voir.

– C'est un peu tiré par les cheveux, répond Vernestra en fronçant les sourcils, avant de secouer la tête. Et si quelqu'un nous pourchasse, nous nous en préoccuperons le moment venu. J'ai mon sabre laser, et Imri a le sien. Nous n'allons pas entrer en hyperespace, et nous sommes normalement assez loin des zones fréquentées pour ne pas avoir à craindre une autre Émergence. Imri et moi pouvons faire face à tout le reste et assurer votre sécurité.

Avon soupire. Elle sait pourquoi Vernestra la traite ainsi, comme une enfant qui a peur du noir. La Jedi est inquiète, elle aussi ; les plis soucieux qui sont apparus sur la peau verte de son front durant leur fuite du *Steady Wing* sont toujours là. Elle pense que ses paroles réconfortantes suffiront à calmer la jeune fille. Cependant, Avon n'a pas peur. Elle est en colère.

– Tu n'as pas envie de savoir qui a tué Douglas ? Il est mort en voulant nous sauver !

Avon n'arrive pas à croire qu'aucun des deux Jedi ne désire se venger. Si un de ses proches avait été blessé, elle n'aurait que cette idée en tête. Une vieille histoire de famille raconte que son arrière-grand-père, Caden Starros, a suivi un ennemi jusqu'à Orondia pour le punir d'avoir volé son vaisseau, puis l'a abandonné sur une lune secondaire. Que cette histoire soit vraie ou pas, Avon trouve cela plus logique que d'oublier simplement le mal qu'on vous a fait.

Imri lui sourit tristement.

– Les Jedi ne croient pas à la vengeance. Comme la colère, elle appartient au côté obscur, et les Jedi appartiennent à la lumière. Tout ce qui arrive devait arriver. La Force œuvre de manière mystérieuse, mais une des choses qui font de nous des Jedi, c'est que nous avons confiance en elle, même dans les moments difficiles.

Vernestra hoche la tête et tapote le bras du Padawan. Découragée, Avon lève les mains et reprend sa place sur la banquette à côté de J-6.

– La Force est très étrange, dit la droïde.

– Ça, c'est sûr, marmonne Avon en croisant les bras.

Tandis qu'elle réfléchit à l'hypothèse d'un sabotage et aux dangers qui les guettent peut-être, son regard se pose sur le sabre laser d'Imri. Vernestra garde le sien à sa ceinture, mais le Padawan a ôté son fourreau et son tabard de cérémonie. Il les a fourrés dans un compartiment en face d'elle, un cube de rangement prévu pour accueillir des couvertures ou du linge.

Avon contemple le sabre laser et une idée commence à germer dans son esprit. Après tout, elle pourra peut-être se rendre utile pendant ce voyage.

JEDI

CHAPITRE 11

Quand Honesty se réveille, Avon est debout, au-dessus de lui. La jeune fille à la peau brune l'observe comme une sorte de spécimen de laboratoire, les sourcils froncés, ses lèvres formant une moue perplexe. Déconcerté par ce spectacle, Honesty se redresse maladroitement pour s'asseoir, en faisant de grands gestes.

– Quoi ? demande-t-il d'une voix blanche.

Avon examine son visage.

– Tu pleurais, dit-elle simplement, ignorant sa réaction paniquée.

– Et alors ? Ce n'est pas une raison pour me regarder comme ça.

Elle hausse doucement les épaules.

– Je ne savais pas si tu étais réveillé. Je voulais m'en assurer avant de faire quoi que ce soit. Quoi qu'il en soit, il n'y a rien de honteux à pleurer. C'est tout à fait normal. Tu devrais t'estimer heureux que ce soit moi qui t'ai trouvé et pas un des Jedi, sinon tu aurais eu droit à un sermon sur la Force et ils auraient essayé de te faire méditer, dit Avon en grimaçant. Tu n'imagines pas le nombre de fois où Vern m'a obligée à rester *assise là,* à compter mes respirations et à visualiser la lumière ! *Merci bien !*

Honesty ne dit rien et la jeune fille finit par lever les mains.

– Bref. On s'est posés sur une lune et tu as réussi à dormir pendant tout ce temps. Il fait chaud et humide, l'endroit est plutôt horrible et on va peut-être quand même mourir, mais, au moins, ce ne sera pas dans l'espace.

Sur ce, elle tourne les talons et emprunte la rampe d'embarquement. La lumière du jour s'engouffre dans le vaisseau, et Honesty, ébloui, a les larmes aux yeux.

Il ne suit pas tout de suite Avon, prenant d'abord le temps de faire le point. La jeune fille le rend nerveux. Pas simplement parce qu'elle est intelligente et très sûre d'elle : il la trouve aussi trop téméraire. Et elle a une vision très personnelle des règles. Pour sa part, Honesty préfère avoir un cadre clair, respecter l'ordre des choses : il a été ravi de découvrir ces limites. L'ordre est rassurant et, comme la plupart des Dalnans, le jeune homme déteste le chaos. Ce voyage n'a été qu'une suite de catastrophes, alors la dernière chose dont il a besoin, c'est quelqu'un comme Avon

Starros. Elle semble être un véritable aimant à chaos, un de ces individus qui ne cherchent pas seulement le désordre, mais l'accueillent dans leur vie et en éclaboussent les autres.

Évidemment, Honesty ne reproche pas à Avon tout ce qui est arrivé au *Steady Wing*. Cependant, il pense que plus vite il pourra s'éloigner de cette fille, mieux ce sera.

Si tu juges quelqu'un en fonction de tes attentes et non de ses actes, tu seras toujours déçu.

Honesty déglutit difficilement en se remémorant cette phrase de son père. L'Ambassadeur Weft l'a toujours incité à être plus patient, surtout quand il s'agit de juger les autres. Une boule se forme dans la gorge du garçon quand il comprend que son père ne lui fera plus jamais la morale.

Il respire profondément, se calme. Il va donner une chance à Avon Starros et à ses compagnons. Il ne fera pas de jugements à l'emporte-pièce. Son père est peut-être mort, mais Honesty peut honorer sa mémoire en prenant ce conseil à cœur. Alors il s'étire et se lève, les épaules droites, prêt à affronter ce que cette journée leur réserve. Il ne doit pas reculer devant l'obstacle, comme son père le lui a souvent répété.

Honesty passe la tête par l'ouverture de la navette, dans la lumière aveuglante. Il cligne des paupières, ses yeux s'embuent de nouveau. Quand il peut les ouvrir, il contemple ce qui l'entoure, émerveillé.

Ils se sont posés à la lisière d'une clairière, au milieu d'herbes jaunes et ondulantes qui lui arrivent presque à la taille. Juste après ce champ se dresse une jungle épaisse. Des lianes aussi grosses que son bras sont accrochées dans d'étranges arbres, aux larges feuilles et à l'écorce lisse et blanche. De petites créatures, dont la fourrure resplendit comme des joyaux, sautent entre les troncs. Dans le ciel d'un bleu délavé, presque mauve, une immense planète rayée de brun et d'orange domine le paysage. Face à elle, Honesty se sent tout petit, hésitant. Il n'a jamais rien vu de tel et il contemple ce spectacle, jusqu'à ce que quelqu'un pose la main sur son épaule.

– Désolé, je ne voulais pas te faire peur, dit Imri avec un petit sourire. C'est le seul endroit où on pouvait poser la navette, mais nous craignons qu'il s'agisse d'une plaine inondable. Vernestra veut explorer la jungle pour essayer de trouver un endroit plus élevé et donc plus sûr, en cas d'orage.

Les deux Jedi ont retiré leur tabard ; ils sont uniquement vêtus de pantalons et de tuniques ivoire, et de bottes marron clair. Le sabre laser de Vernestra pend à sa ceinture, dans son étui, tandis qu'Imri serre le sien dans son poing : ses doigts sont si épais que l'arme ressemble à un jouet entre ses mains. Ils paraissent compétents, préparés – tout le contraire d'Honesty à cet instant.

– Elle veut aller dans la forêt ? demande-t-il sans parvenir à dissimuler sa peur.

Trouver un terrain en hauteur est une bonne idée, son instructeur de survie sur Dalna aurait dit la même chose. Cependant, cette jungle est impressionnante. L'épaisse canopée ne laissant filtrer que peu de lumière, la zone entre les troncs semble incroyablement sombre et inquiétante. Périlleuse. L'aventure implique-t-elle de prendre la pire décision possible et de courir au-devant du danger ? Pas étonnant que la plupart des Dalnans n'aient aucune envie de voyager. C'est de pire en pire.

– Nous allons rester à la lisière, dit Vernestra en s'approchant d'Honesty pour répondre à sa question. Regarde, l'herbe forme une sorte de route. Cette zone devient probablement une rivière quand il y a de fortes pluies. Les feuilles des arbres sont très épaisses et l'air est gorgé d'humidité. En écoutant attentivement, j'arrive à sentir les animaux qui ont envie de se reposer, et les plantes qui parlent d'enfouir leurs racines pour ne pas être emportées ; les averses doivent être courantes ici. Le plus sûr est donc de trouver un terrain en hauteur.

Honesty regarde autour de lui, intégrant de nouveau le paysage. La Jedi a déduit tout cela à partir de brins d'herbe, de quelques arbres et d'animaux colorés ? Il s'en veut de son manque de préparation, mais admire également les capacités de Vernestra. Sauf, bien sûr, si elle a tout inventé – une hypothèse qu'Honesty garde pour lui.

– Tiens, dit Avon en lui lançant un sac à dos. Celui-là est pour toi.

– Qu'est-ce que c'est ?
– De la nourriture et quelques autres trucs.
Honesty remarque que son sac est un peu plus petit que celui d'Avon, et que J-6 n'en a pas du tout.
– Nous allons tout emporter avec nous, reprend Avon avant qu'il puisse demander plus de détails sur le contenu de son bagage. Avec un peu de chance, on trouvera un endroit où passer la nuit et, demain, Vern et moi reviendrons ici pour nous assurer que la balise de détresse fonctionne.
– Vous avez décidé tout ça pendant que je dormais ? demande Honesty, se sentant mis à l'écart.
– Ton père est mort, dit Avon sans ménagement.
– Avon ! s'exclame Vernestra. S'il te plaît, fais un peu attention !
La jeune fille paraît troublée par ce reproche.
– Le traité du philosophe Grat Resa affirme que l'acceptation de la mort d'un proche joue une part cruciale dans le processus de deuil. L'autre facteur clé, c'est le repos. Une perte peut être épuisante, émotionnellement parlant. Ton sommeil a été bénéfique à ton corps. Ça n'avait rien de personnel.
– Avon, la science ne peut pas remplacer l'empathie, dit doucement Vernestra.
La jeune fille ajuste son sac, mal à l'aise.
– Oh, fait-elle en se tournant vers Honesty, qui se retient de lui dire quelque chose qu'il regrettera par la suite. Je suis désolée. J'essayais de t'aider.

Le garçon hoche machinalement la tête : la gentillesse d'Avon est pire que le reste.

– Merci.

– Tout le monde est prêt? demande impatiemment J-6. Mes senseurs indiquent qu'il y a vingt pour cent de chances qu'il pleuve, et que cette probabilité va augmenter d'ici ce soir. Or je n'aime pas la boue.

– Eh bien, allons-y, lance gaiement Vernestra, qui souhaite clairement passer à autre chose.

La jeune femme irrite un peu Honesty. Elle est directive, mais reste chaleureuse et disponible. Elle sourit tout le temps. Si Avon le met un peu mal à l'aise, la Mirialan lui donne envie d'accepter toutes ses propositions. Un sentiment étrange, qu'Honesty refuse toutefois de suivre aveuglément. Se rappelant qu'il est toujours trop rapide dans ses jugements, il décide une fois de plus d'essayer de garder l'esprit ouvert. Ce qui ne va pas être facile.

De toute façon, il n'a pas vraiment le choix. Il est coincé avec les trois de Port-Haileap jusqu'à ce qu'ils parviennent à quitter cette lune.

Et après? La maison. Tout ce qu'il veut, c'est rentrer chez lui, là où les choses sont sûres et prévisibles.

Le petit groupe se met en route. Vernestra ouvre la marche. Imri se laisse dépasser par les autres pour assurer leurs arrières, mais Honesty ne se sent pas en sécurité pour autant : le Padawan a l'air terrifié. Si Honesty était d'humeur plus charitable, il lui aurait demandé comment il va, mais il est fatigué de devoir subir les choses. Il a l'impression d'avoir été emporté par le courant de la vie, qui l'a d'abord poussé à quitter son foyer pour embarquer sur le *Steady Wing*, puis a truffé sa route d'embûches. Il voulait tracer son propre chemin : il s'est entraîné à devenir un guerrier, mais, au lieu de se présenter à sa Métamorphose, il a fini par rejoindre une mission diplomatique.

Pourtant, ce n'est vraiment pas le moment de se poser de grandes questions. Le Dalnan redoute ce qui peut arriver. Les Jedi sont censés avoir une sorte de pouvoir suprême avec eux – en tout cas, ils en sont persuadés. Honesty se dit donc qu'il est plus sûr de les suivre que d'essayer de s'en sortir seul.

Tandis qu'ils marchent, le temps se replie sur lui-même. Honesty regarde les reflets de la droïde devant lui, qui essaie d'éviter des flaques particulièrement fourbes sur le chemin, tandis qu'Avon étudie au passage des spécimens d'arbres insolites. Pendant un moment, il parvient à se convaincre qu'il s'agit d'un entraînement de terrain, comme sur Dalna, avec son groupe. Mais, au bout d'une heure, le garçon n'arrive plus à penser à autre chose. Il n'a aucune envie d'être ici, sur cette lune inconnue, avec des gens qu'il ne connaît pas et une droïde qui semble animée d'intentions propres.

Un léger mouvement sur sa gauche attire son attention. Honesty se tourne pour scruter les ombres, sous les arbres aux larges feuilles. Il s'arrête et plisse les yeux pour percer la pénombre. Derrière lui, Imri lui rentre dedans et le Dalnan perd l'équilibre.

– Hé, désolé ! dit le Padawan, dont les joues rougissent d'un coup.

– Ce n'est rien. Tu as vu ça ? demande Honesty en indiquant l'endroit où un mouvement a agité les branches basses.

– Vu quoi ?

Honesty fixe toujours les arbres. Il est certain d'avoir aperçu une couleur éclatante, dans les tons de magenta, plus vive encore que le pelage coloré des primates qui bondissent de tronc en tronc.

– Rien. Laisse tomber.

Ils reprennent leur route et marchent pendant ce qui lui semble des heures, sans que le paysage évolue. La forêt est toujours aussi dense, la plaine inondable qu'ils traversent n'est ni plus large ni plus étroite. La seule chose qui a changé, ce sont les nuages menaçants, désormais gris foncé, qui s'accumulent à l'horizon, tandis que des éclairs d'un rose violacé strient régulièrement le ciel.

– On devrait peut-être tenter notre chance dans la forêt ? propose Honesty.

Il se retourne pour contempler le chemin qu'ils ont parcouru ; même s'ils n'ont pas quitté la plaine herbeuse, la navette est hors de vue.

– On aura peut-être plus de chances de trouver un abri.

Il se sent trop vulnérable au milieu de la plaine. Il songe toujours au flash de rose vif qu'il a aperçu, et plus il y pense, plus il est convaincu d'avoir vu quelqu'un. C'est possible, non ? Les Jedi ont dit que personne n'avait survécu à la destruction du *Steady Wing*, mais un passager est peut-être parvenu à s'échapper. Sa capsule s'est peut-être posée en catastrophe sur cette lune, tout comme leur navette. Peut-être.

Avec un peu de chance.

– Honesty a raison, dit Avon en regardant l'horizon.

Elle s'arrête, pose son sac à dos et l'ouvre ; elle en tire une paire d'électrolunettes et l'enfile. Honesty se demande où elle a bien pu les trouver, mais il a vu des modèles similaires sur les fantassins qui s'entraînaient autour de la base militaire, sur Dalna. Elles sont normalement connectées à des droïdes éclaireurs qui évoluent loin de leur utilisateur, pour reconnaître une zone.

Avon tourne lentement sur elle-même et les autres s'arrêtent pour l'observer.

– Les relevés locaux indiquent qu'un orage va éclater dans les prochaines minutes. Si on ne trouve pas un abri, on va être trempés.

Vernestra pose la main sur sa hanche.

– Où as-tu déniché ça ?

– Pendant que vous posiez la navette avec Imri, j'ai fouillé dans la boîte à outils. Et comme je suis la candidate parfaite pour le poste d'officier scientifique, je me suis dit qu'elles me revenaient, explique Avon avant de remonter les électrolunettes sur son front.

– Qu'est-ce que tu as pris d'autre ? demande Vernestra, manifestement exaspérée.

Honesty ne la connaît pas très bien, mais, à en juger par la couleur de ses pommettes, elle est tendue. Les Jedi peuvent-ils être irrités ? Le garçon l'ignore, mais il trouve l'idée très intéressante.

– Juste ce petit gars, répond Avon en sortant un droïde rond de son sac.

Il est assez petit pour tenir dans la paume de sa main. Honesty comprend pourquoi le sac de la jeune fille avait l'air plus lourd que les autres : pendant tout ce temps, elle transportait un droïde éclaireur. Le Dalnan ne sait pas s'il doit être impressionné, parce que ces droïdes sont lourds et qu'Avon ne s'est pas plainte une seule fois durant la marche, ou s'il doit redoubler de méfiance à son égard. Elle est parvenue à tromper une Jedi et, d'après ce qu'Honesty a compris, les Jedi savent *tout*.

– Avon, commence Vernestra.

– Ne m'en veux pas, Vern, coupe la jeune fille à la peau brune en agitant la main. J'ai voulu vous laisser une chance d'utiliser la Force, avant de résoudre nos problèmes grâce à la science.

Avon appuie sur un bouton, activant le droïde.

La boule se déplie, révélant un petit appareil volant doté de quatre appendices en forme de griffes et de deux gros senseurs qui ressemblent à des yeux. Il s'envole et flotte près d'Avon, en émettant une série de bips aigus et graves qu'Honesty ne parvient pas à déchiffrer. Sur Dalna, il n'y a pas beaucoup de droïdes, mais il a déjà vu des éclaireurs de ce type : ce spectacle familier le détend un peu.

Avon penche la tête, comme pour écouter ce que lui dit le droïde.

– Le petit SD ici présent n'est chargé qu'à moitié, explique-t-elle. Il a déjà étudié le paysage et a déterminé que nous trouverons des hauteurs dans cette direction, dit-elle en indiquant la jungle. Un point pour la science.

– La science et la Force ne sont pas opposées, intervient Imri, dont l'expression de surprise contrariée correspond tout à fait à ce que ressent Honesty.

Si Avon avait sorti son droïde plus tôt, ils auraient peut-être trouvé un abri depuis des heures.

– Non, mais personne ne voulait traverser ça, dit la jeune fille, le bras toujours tendu vers l'épaisse jungle. Suivre la plaine inondable nous a permis de comprendre que le seul chemin possible était le moins engageant.

Vernestra cligne des yeux.

– Ce que tu dis est beaucoup trop sensé à mon goût.

Un silence pesant s'installe.

– Cela semble… logique, ajoute Honesty.

– L'apparence de la raison ne rend pas automatiquement une idée raisonnable, dit J-6, les bras croisés sur la poitrine. Cependant, dans le cas présent, l'argument d'Avon se tient : autant ne pas traîner si nous voulons éviter d'être trempés. Je n'ai toujours pas de passion pour la boue.

– Super ! Dans la forêt alors ? demande gaiement Avon.

Le léger tremblement qui agite ses mains contredit son attitude enjouée. Elle a peur, tout comme Honesty, mais elle dissimule ses craintes derrière la logique et la méthode.

– Vern, je pense que tu devrais ouvrir la voie avec Imri.

Vernestra acquiesce et active son sabre laser ; Imri fait de même. La lame de la Jedi est violet vif, celle du Padawan d'un bleu si pâle qu'il tire vers le blanc.

– Tu as toujours des problèmes avec ton sabre ? demande Vernestra au garçon, qui hausse les épaules.

– Douglas dit – disait – que je parviendrai à les résoudre en travaillant dessus. La lame n'est pas aussi puissante qu'elle devrait l'être, mais je peux couper des plantes.

Imri semble embarrassé par cette confession. Honesty se dit qu'il devra interroger le Padawan à ce sujet. Ce sera une bonne occasion de faire un peu mieux connaissance avec lui.

Les deux Jedi commencent à tailler les lianes et les branches basses, tentant de dégager un passage parmi l'épaisse végétation, de se frayer un chemin à travers la jungle. De petits animaux s'enfuient dans toutes les directions. Leurs cris aigus couvrent presque le bruit du tonnerre au loin.

Honesty déglutit, la gorge sèche, tentant d'ignorer la tristesse envahissante qui menace de le submerger. Les Jedi peuvent s'appuyer sur la Force, Avon sur sa science… Le garçon se demande sur quoi il peut compter. Comment va-t-il survivre à ce calvaire ?

– Hé, j'en ai aussi pris un pour toi, dit Avon en marchant à côté de lui.

Elle tient un tout petit blaster, dont le métal brille de manière menaçante.

– Juste au cas où.

– Merci. Heu… tu sais t'en servir ?

Honesty prend le blaster et le glisse dans la poche de son treillis, après s'être assuré que la sécurité était enclenchée. Il ne peut peut-être pas s'appuyer sur la Force ou sur la science, mais il a passé les cinq dernières années à s'entraîner pour devenir un officier médical de combat.

Avon sourit.

– J'ai lu les instructions.

Honesty grimace.

– Je peux te montrer les précautions à prendre ?

– Oui, répond la jeune fille, réjouie. Ce serait génial.

Au début, le Dalnan se demande si elle se moque de lui. Cependant, Avon le fixe, dans l'expectative, et il comprend qu'elle est sincère.

Non, Honesty n'est peut-être pas un Jedi ou un génie scientifique, mais il a été formé, a appris des choses que les autres ne connaissent pas. Il va utiliser tout cela pour survivre à cette mission, à cette aventure. Et puis, il se dit que son père serait sûrement fier de le voir partager ainsi son savoir.

C'est la première fois que le garçon est optimiste depuis la destruction du *Steady Wing*. Il s'accroche à cet espoir, qui l'aidera peut-être à survivre.

JEDI

CHAPITRE 12

Vernestra marche en tête, son sabre laser à la main, taillant les plus gros obstacles végétaux. SD-7, le droïde éclaireur qu'Avon a trouvé dans la navette de maintenance, vole loin devant eux, cherchant le chemin le plus facile. Malgré les efforts de la Jedi, dont la lame violet vif brille parmi les ombres de la canopée, le groupe progresse lentement. Ils auront de la chance de trouver un abri dans les heures qui viennent – s'ils en trouvent un.

Vernestra commence à revoir son plan. Elle pensait qu'ils dénicheraient assez facilement un endroit où mettre les plus jeunes en lieu sûr. Imri et elles auraient alors pu installer une balise de détresse plus permanente que celle de la navette, et tenter de trouver des ressources. Cependant, les choses ont pris une autre tournure. Tout ce temps, Vernestra a considéré Avon comme une enfant précoce, mais, en réalité, elle est brillante. C'est peut-être même la personne la plus intelligente que la Jedi connaisse.

Douglas lui a souvent dit que la jeune fille était un génie : « Si quelqu'un peut résoudre un problème avec quelques morceaux de câble et de la colle de gimer, c'est bien elle. Ne la sous-estime pas, Vern. » Pourtant, c'est ce qu'elle a fait.

Elle ne compte pas commettre une deuxième fois la même erreur.

Le bras de Vernestra commence à être lourd, elle est épuisée. Elle n'a jamais utilisé la Force pour une tâche aussi vaste, aussi importante que la veille ; ses os sont douloureux, ses yeux brûlent de fatigue. La Mirialan n'est vraiment pas douée pour se régénérer grâce à la méditation. Elle en prend mentalement note : elle va devoir travailler cette technique dès qu'elle en aura l'occasion. C'est le genre de constat qui lui rappelle qu'elle est loin d'être parfaite.

Malgré sa fatigue, elle doit continuer. Si Imri n'était pas là, elle aurait utilisé son sabre au maximum de ses capacités, afin de dégager un plus large passage. Mais elle n'a montré à personne les modifications qu'elle a apportées à son arme, et elle est… soucieuse.

Malgré les apparences, il ne s'agit pas vraiment d'un sabre, mais d'un fouet laser.

C'est la première fois que Vernestra s'inquiète pour de bon. Elle a rejoint le temple enfant, alors qu'elle était très jeune, sa famille ayant découvert avec joie qu'elle était sensible à la Force. Pour les Mirialans, c'est un motif de réjouissance – et un grand honneur – d'être choisi par la Force pour devenir Jedi.

Une semaine après son arrivée à Port-Haileap, elle s'est réveillée au milieu de la nuit avec un besoin urgent de transformer son sabre laser en quelque chose d'étrange. Elle a agi sans se poser de questions et, quand elle a constaté plus tard le résultat de ses modifications, elle était sûre d'avoir obéi à la volonté de la Force. Vernestra ne sait pas d'où vient cette certitude : les instructions de la Force sont rarement explicites. Elle se demande si cette transformation était destinée à ce moment.

Néanmoins, comment expliquer à Imri l'étrangeté de son arme ? Le garçon n'a plus de maître et elle ne veut pas lui indiquer un mauvais chemin. Vernestra sent que son propre lien avec le côté lumineux de la Force est solide, mais l'attraction du côté obscur reste une réalité. Et si son arme peu orthodoxe égarait le Padawan ? Elle sent le doute qui habite le garçon depuis le décès de Douglas, ce questionnement brutal qui semble étranger à son être… Vernestra est prête à tout pour s'assurer qu'il ne soit pas tenté par les ténèbres.

Le sabre laser grésille, sortant la Jedi de ses pensées. Elle pense tout d'abord que cela vient de la sève des lianes, mais le son se répète et elle comprend que le compte à rebours est terminé. Il commence à pleuvoir.

– OK, SD a trouvé quelque chose, annonce Avon. Il y a une grotte, mais l'entrée est toute petite. Si on peut l'élargir, l'endroit pourrait faire l'affaire.

– On devrait tenter le coup, dit Imri, les yeux levés vers les feuillages qui masquent le ciel. Cet orage ne me dit rien qui vaille.

Vernestra taille de plus belle dans la végétation, faisant tournoyer son sabre laser, dont la lame violette laisse des traînées floues. Imri a raison. La tempête qui approche a quelque chose de menaçant, de dangereux même. La Jedi n'a pas envie d'être dehors quand elle va éclater, même si elle ne sait pas d'où vient ce pressentiment. Les évènements de la veille sont peut-être en train de la rattraper, mais elle a envie de trouver un abri, de manger, de dormir. Elle a besoin de sommeil, de vrai sommeil, pas comme ses siestes agitées à bord de la navette.

Soudain, Honesty pousse un cri d'alarme et tout le monde se tourne vers lui.

– Ça brûle ! dit-il en levant le bras.

Une goutte de pluie est tombée sur sa manche, perçant dans le tissu un trou aux bords noircis.

– Arg, il a raison ! lance Avon, qui se précipite vers J-6, la tête rentrée dans les épaules. Où est ton parapluie ?

– Vous pourriez demander gentiment, réplique la droïde.

Un compartiment s'ouvre dans sa poitrine, un manche argenté en sort et s'étend à la verticale, au-dessus de sa tête. En crépitant, le bâton déploie un dôme d'énergie bleu, créant une voûte protectrice.

– Honesty, viens ici ! À moins que tu n'aies toi aussi des pouvoirs dans la Force ! crie Avon en relevant ses électrolunettes sur son front.

Vernestra se rend compte qu'elle a puisé dans la Force sans s'en rendre compte, afin d'écarter les quelques gouttes de pluie qui auraient pu la toucher. Elle jette un coup d'œil à Imri et constate qu'il a fait de même.

Cependant, ils ne peuvent pas continuer ainsi éternellement. La Jedi coupe deux grandes feuilles et utilise la Force pour les faire flotter au-dessus de sa tête et de celle du Padawan. Cela suffira à les garder au sec.

Honesty se rapproche d'Avon et de J-6. Ils se serrent tous les trois sous le parapluie, puis se mettent maladroitement en route. Le petit droïde éclaireur revient en slalomant entre les arbres, bipant joyeusement.

– Partez devant et suivez SD, dit Avon en observant la pluie d'un œil inquiet. Il vous conduira à la grotte qu'il a trouvée. Je peux suivre sa balise, on vous rejoindra.

– Nous pouvons aussi suivre facilement leurs traces, fait Honesty en indiquant une branche carbonisée dans le sillage de Vernestra. Par contre, on va avoir un problème si cette zone est inondable, ajoute-t-il en regardant le sol autour de lui.

– Espérons que non, répond Vernestra.

Si la pluie est assez acide pour brûler leurs vêtements, un torrent du même liquide risque d'anéantir toutes les formes de vie étrangères à cette lune. La chair a beau être éphémère, personne n'a envie de finir fondu par un orage !

– Imri, avec moi, dit la Mirialan avant de redoubler d'efforts pour dégager les feuillages qui leur barrent le chemin.

Tandis qu'ils coupent ensemble l'épaisse végétation, la pluie, jusqu'ici intermittente, se met à tomber de façon régulière. Les larges feuilles au-dessus de leur tête s'alourdissent. Vernestra doit se concentrer pour qu'elles restent penchées et que l'eau puisse s'écouler sans risque. Le pressentiment de la Jedi s'est transformé en peur, qui lui noue les tripes. Elle pourrait défricher plus rapidement, mais en dévoilant la véritable nature de son sabre laser. Elle jette un regard à Imri. Bien qu'il taille les buissons avec détermination, il paraît aussi fatigué qu'elle.

Il peut supporter la vérité.

– Imri, recule.

Ils se sont suffisamment éloignés des autres pour que personne ne puisse voir ce que Vernestra s'apprête à faire. Elle se détend un peu.

– Pourquoi ? demande Imri, qui recule quand même.

– Regarde.

La Jedi actionne la bague frontale de son sabre laser. La lame se fractionne, se divise, avant de retomber, formant un fil sinueux de lumière violette. Vernestra fait claquer le fouet laser et, en un instant, son redoutable faisceau dégage un passage qu'ils auraient mis plusieurs minutes à tailler.

– Attendez, comment avez-vous réussi à faire ça ? demande le Padawan.

Il n'a pas l'air de juger cette arme peu orthodoxe, il semble simplement curieux.

– Vous avez étudié une archive des armes de la lumière ?

– Non, répond la Jedi. L'idée m'est venue spontanément pendant la nuit, il y a quelques semaines. Je n'ai pas pu dormir avant d'avoir terminé cette modification.

Vernestra agite le fouet à l'horizontale, lui faisant décrire un huit et laissant l'inertie de la lame violet vif travailler à sa place. Elle s'est entraînée à le manier en secret. Même Douglas ignorait qu'elle avait transformé son sabre laser. Imri est le premier à le voir.

– Les fouets laser sont utilisés par les Sœurs de la Nuit, dit-il.

Vernestra pivote légèrement pour l'observer du coin de l'œil. Elle a très vite compris que son fouet requérait plus d'attention et de précautions qu'un sabre laser : au moindre faux mouvement, elle risque de se couper un membre.

– Durant les Guerres Sith, les Jedi en utilisaient eux aussi, répond-elle en continuant de dégager le passage, plus rapidement encore.

Débat philosophique ou pas, ils doivent toujours échapper à l'orage qui approche et ils ne pourront pas faire léviter des feuilles éternellement.

– Tu as lu les témoignages de Cervil la Mystérieuse ? demande Vernestra. Elle affirme que le fouet servait parfois à se défendre contre les Seigneurs Sith qui utilisaient les Formes Interdites. De plus, c'est la Force qui m'a suggéré ce concept. Je ne peux pas croire que le côté obscur ait dirigé sa construction. Sens-tu cette colère ou cette discorde en moi ?

Vernestra ne précise pas qu'elle n'a parlé à personne de sa modification, pas même à son ancien maître, Stellan Gios. Le Padawan n'a pas besoin de tout savoir.

Imri secoue la tête et ses joues rosissent.

– Je suis désolé, je ne voulais pas remettre votre décision en question.

– Ça ne me dérange pas, Imri. J'aurais dû questionner cette idée, moi aussi. Mais regarde ! Elle s'avère déjà utile !

Vernestra coupe une dernière série d'arbustes. La végétation cède la place à une petite clairière et à un terrain plus élevé. SD-7 les attend un peu plus loin, flottant sur place sous la pluie incessante.

– Imri, tu vois ce rocher ? demande Vernestra en éteignant son fouet pour le ranger dans son étui. On dirait qu'il bloque l'entrée de la grotte. Tu peux le dégager ?

Imri hoche la tête et tend la main, faisant appel à la Force. Au début, le gros bloc ne bouge pas, puis il commence à rouler dans leur direction et prend de la vitesse en dévalant la pente. Imri grogne, s'efforçant de l'arrêter ; il tremble et transpire, parvenant aux limites de sa puissance.

Un instant avant que le rocher ne les percute, Vernestra le repousse vers la gauche, et l'énorme masse dégringole parmi les fourrés. Le fracas de sa descente rivalise avec celui du tonnerre au-dessus de leur tête.

– Désolé, dit Imri.

Le grand garçon est plié en deux, les mains posées sur les cuisses. Il perd sa concentration et la feuille qui le protège de la pluie tombe. Des gouttes grésillent en atteignant sa tunique, calcinant le tissu clair. Vernestra déplace sa propre protection pour qu'elle abrite également le Padawan.

– Ce n'est rien, Imri. Tu as fait de ton mieux, tu dois juste apprendre à te concentrer sur ta tâche dans son ensemble. Mon maître m'a expliqué qu'il valait mieux visualiser globalement une action, plutôt qu'étape par étape. On pourra s'entraîner après avoir pris un peu de repos. Viens, allons voir cette grotte.

Le droïde éclaireur s'élance, suivi par les deux Jedi. La caverne a une odeur riche et humide, semblable à celle des jardins de Port-Haileap. Cette senteur emplit Vernestra d'un sentiment de paix et de sécurité qu'elle n'a pas ressenti depuis son embarquement sur le *Steady Wing*. L'endroit est vaste, trois fois plus grand que l'intérieur de la navette de maintenance. Les rochers sont lisses, arrondis ; un arc-en-ciel de lichens bioluminescents pousse sur les murs. Toutefois, ils ne produisent qu'une faible lueur, qui ne suffit pas à éclairer la totalité de la grotte. Vernestra fait le tour du périmètre, pour voir si l'endroit est habité, mais elle ne trouve aucune trace, pas même animale.

C'est la première fois que les choses se passent comme elle l'espérait.

Elle inspire profondément, puis souffle avant de poser son sac dans un coin. Le sol de la caverne est couvert de sable – et non de terre dense, comme Vernestra le craignait. Elle s'allonge, reconnaissante, s'adossant à son paquetage encore plein. C'est presque confortable.

– Plutôt douillet, dit J-6.

Vernestra ouvre les yeux – elle les a fermés sans s'en rendre compte. Le reste du groupe entre dans la grotte. La droïde rétracte son parapluie et va se placer dans un coin. Honesty inspecte la grotte, puis cale son sac contre un rocher qui saille du sol. Il s'assied là, sans un mot, en observant d'un air pensif le trou sur son bras. Avon a l'air ravie, comme d'habitude. Elle relève ses électrolunettes.

– Regardez ce que j'ai découvert ! dit-elle en tendant une grande feuille à Vernestra. Les feuilles sont recouvertes d'une sorte de cire, certainement pour les protéger de la pluie. C'est assez épais ; si on reste coincés ici, on pourra peut-être trouver le moyen de l'utiliser pour se protéger la peau.

– Très bonne idée, dit Vernestra.

– Elle peut aussi servir à enduire nos bottes, comme la couche imperméabilisante des droïdes, ajoute la jeune fille.

– Cette idée est encore meilleure que vous ne le pensez, intervient Imri.

Il regarde à l'extérieur, près de l'entrée. Il paraît inquiet et se mordille la lèvre inférieure.

– Regardez.

Tout le monde, y compris J-6 et le petit droïde éclaireur, s'approche de lui.

La pluie forme d'épais rideaux, les éclairs violets illuminent le paysage nocturne à intervalles réguliers. La nuit est tombée si vite que personne n'a encore allumé de lampe, et tous distinguent aisément ce que leur montre Imri.

À l'extérieur de la grotte, l'eau acide dévale la pente sous forme de torrents. Des volutes de fumée s'élèvent au-dessus des buissons brûlés par le liquide, mais les arbres semblent épargnés. Sans cet abri providentiel, le petit groupe aurait eu du mal à s'en tirer. Ils auraient été emportés par le courant, avant d'être brûlés vifs par les flots. Vernestra frissonne en songeant à cette éventualité.

Survivre sur cette lune va être plus difficile qu'elle ne le pensait.

JEDI

CHAPITRE 13

Tandis que tous les autres s'installent aussi confortablement que possible, Imri observe la pluie, assis en tailleur à l'entrée de la caverne.

Il a déjà plu ainsi à Port-Haileap, durant la période que les habitants appellent les Jours Humides. Des semaines entières d'averses incessantes, qui rendaient tout humide et collant, qui trempaient son tabard et faisaient grésiller son sabre laser quand il s'entraînait avec Douglas. Cependant, cette pluie est complètement différente. Elle s'écoule sous forme de torrents autour de la caverne, brûlant les buissons et les herbes qui poussent difficilement entre les arbres, et laissant derrière elle des flaques dangereuses, capables de faire fondre n'importe quelle paire de bottes. Imri et Vernestra pourraient marcher sous cette pluie pendant un temps, et même J-6 n'aurait pas à s'en soucier tout de suite. Mais Avon ou Honesty ne pourraient pas la supporter. En contemplant l'averse, Imri songe avec mélancolie à Port-Haileap et s'inquiète de ce qui les attend.

Il ferme les yeux et commence sa méditation. Son souffle ralentit, tandis qu'il se projette dans la Force. Douglas lui a toujours répété qu'il devait méditer en cas de problème. Le Padawan s'est rendu compte que ces moments passés à réguler sa respiration et à s'immerger entièrement dans la Force lui permettent de centrer son esprit. Il parvient alors à trouver des réponses, même aux questions les plus étranges. Plus que jamais, il a besoin de cette sensation. Imri est énervé, triste, perdu ; il n'a jamais ressenti un tel maelström d'émotions, qui le perturbent et le déséquilibrent. C'est donc tout naturellement qu'il se tourne vers la méditation, qui l'a toujours aidé par le passé.

Toutefois, lorsqu'il pense à Douglas, ses sentiments empirent. Alors Imri soupire, ferme les yeux et songe à la place au fouet laser de Vernestra.

La vue de cette arme hors normes a déclenché en lui une cascade de sentiments qu'il n'apprécie pas. Il n'est pas seulement impressionné par la Jedi : il est jaloux d'elle. Et l'envie est l'une des nombreuses portes qui mènent au côté obscur.

Imri a entendu des histoires sur des Jedi ayant rejoint le côté obscur, comme ceux qui, il y a fort longtemps, ont créé le culte Sith. Il a également étudié, dans les archives de la bibliothèque de Port-Haileap, les groupes d'utilisateurs de la Force qui fonctionnaient avec moins de règles, comme les Sœurs de la Nuit ou les Gardiens de Javin : des races et des sectes qui ont trouvé quelque chose de précieux dans le côté chaotique et destructeur de la Force. Cependant, à sa connaissance, aucun Jedi n'a récemment basculé vers les ténèbres, et il n'a aucune envie que cela lui arrive. Il trouve le côté obscur perturbant. Pas terrifiant – car il est nécessaire pour maintenir l'équilibre, et tous les Padawans savent que cet équilibre compte énormément dans celui de la galaxie –, mais il s'en méfie. Imri n'a jamais ressenti l'attraction du côté obscur. Toutefois, en voyant Vernestra, en se rendant compte qu'elle est beaucoup plus puissante que lui et que la Force l'a manifestement choisie pour accomplir de grandes choses, eh bien…

Eh bien, il se demande s'il a été lui aussi choisi pour quelque chose d'important.

La jalousie lui noue l'estomac et sa faim disparaît. Pourtant, s'il y a une chose que le Padawan apprécie, c'est bien la nourriture. Cette sensation le dérange d'autant plus. C'est un intrus hostile, auquel Imri ne veut pas céder.

Cependant, il en est là : il brûle de démonter le sabre laser de Vernestra et de comprendre comment elle a modifié le modèle standard pour en faire une arme aussi formidable.

Imri ouvre brusquement les yeux. Dehors, la pluie ne faiblit pas, mais le jeune homme sait ce qu'il va faire. Peut-être que s'il démonte son propre sabre laser et médite à son sujet, il recevra à son tour une sorte d'appel qui l'incitera à le modifier. Depuis qu'il a bricolé son arme, quelques semaines plus tôt, elle dysfonctionne – une sensation désagréable, comme quand on a quelque chose coincé entre les dents. Ce défaut se voit dans la lame elle-même : elle est faible, instable. La jalousie du Padawan est déplacée, mais si la Force sait qu'il est prêt à innover, peut-être recevra-t-il lui aussi un message. Il donnerait tout pour apaiser le bouillonnement de ses émotions.

Imri dégaine son sabre laser et sort un mouchoir d'une bourse accrochée à sa ceinture. Il déplie le carré de tissu et y pose son arme. Il n'a pas d'outils : jugeant qu'ils seraient trop lourds à porter, il a laissé la trousse rudimentaire dans la navette. Il va devoir se débrouiller sans.

– Hé, Imri, qu'est-ce que tu fais ?

Le garçon lève les yeux : Avon lui sourit. Il lui rend son sourire. La jeune fille s'attire sans cesse des ennuis, mais c'est ce qui rend sa compagnie amusante. Rien ne l'intimide, et son audace inspire Imri. De plus, elle prend toujours les choses à cœur et il a bien besoin de se changer les idées.

– Oh, rien, je vérifiais juste mon sabre laser.

Avon s'assied à côté de lui, soudain ravie.

– Je peux te regarder faire ? Je n'arrête pas de demander à Vern de me laisser manipuler son arme, mais elle refuse à chaque fois.

Imri lâche un petit rire.

– Le sabre laser d'un Jedi est un objet très personnel. Ça revient à demander à quelqu'un si on peut emprunter ses sous-vêtements.

Avon grimace.

– D'accord. Je comprends. Tu peux m'expliquer comment il fonctionne ?

– Bien sûr, il n'y a rien de mal à ça.

Imri dévisse le sabre laser, puis le démonte, indiquant les différentes pièces à la jeune fille.

– L'ensemble est alimenté par cette batterie, et mon cristal kyber concentre l'énergie – je crois que tu le sais déjà. Ici, ce sont les activateurs du champ cyclique, et ceci est la lentille de focalisation. Elle envoie l'énergie générée par le kyber vers l'émetteur de lame. Le cristal limite également la longueur de la lame, afin que l'énergie reste concentrée.

– Sinon, la lame serait sans fin, dit Avon en hochant la tête.

Imri s'esclaffe.

– Exactement ! C'est en gros comme ça que ça marche.

– Incroyable, dit Avon.

Imri sent qu'elle est sincère. Elle est si excitée qu'elle fait presque des étincelles. Le Padawan perçoit une autre émotion en elle, qu'il ne parvient pas à déchiffrer. Avant qu'il puisse essayer, Vernestra les interrompt.

– Hé, vous avez mangé, tous les deux ? demande-t-elle en nouant ses cheveux.

Il ne s'agit pas d'une tresse de Padawan, simplement d'une manière de les attacher. Encore une chose qui les différencie, se dit Imri, gêné, en touchant sa propre natte.

– Je n'ai pas faim, répond Avon, dont le ventre gargouille pourtant.

– Avon, il faut que tu manges.

– Pas tant qu'il n'y aura que du ragoût de joppa à se mettre sous la dent. Désolée, Vern, mais la simple odeur de ce plat me donne envie de vomir.

Imri sourit.

– Je crois que j'ai quelques rations de viande de nuna séchée dans mon sac. Elles étaient enfouies sous mes affaires, explique-t-il en indiquant l'endroit où il a jeté son sac contre un rocher.

Les yeux de la jeune fille s'éclairent.

– Vraiment ? Merci, Imri. T'es le meilleur. Et merci de m'avoir montré ton sabre laser.

Avon se dirige vers le fond de la grotte. Vernestra la suit du regard.

– Tout va bien ? demande-t-elle au Padawan.

– Bien sûr, répond Imri en fronçant les sourcils. Je veux dire, à part le fait que nous sommes toujours coincés sur une lune très hostile, sans moyen de rentrer à Port-Haileap.

Vernestra hoche la tête d'un air pensif.

– Je voulais savoir comment tu allais, toi.

Le cœur du Padawan s'emballe, il a soudain la bouche sèche. La Mirialan a-t-elle senti le doute qui l'habite ? Maître Douglas a joué un tel rôle dans la vie d'Imri qu'en son absence, il ne sait pas trop quoi faire. Douglas a toujours pensé qu'il deviendrait un grand Jedi, même lorsque le jeune homme n'y croyait pas… Sans son maître, il est perdu.

Néanmoins, cette tristesse et cette inquiétude ne sont pas dignes d'un Jedi. Imri repousse ces émotions.

– Tout va bien. Je vais toujours bien. Pas la peine de vous inquiéter pour moi.

Vernestra soupire.

– Imri, je sais que tu traverses un moment difficile. Je sens beaucoup d'incertitudes en toi, et je suis désolée si j'en suis en partie responsable. Mais, dès que nous serons rentrés, nous te trouverons un nouveau maître et la plupart de tes doutes disparaîtront. Je te le promets.

Imri hoche la tête. La Jedi repart vers le fond de la caverne, avant de s'arrêter.

– Oh, et fais attention à Avon. Elle ne pense pas à mal, mais elle peut t'attirer des ennuis. Elle s'intéresse d'un peu trop près aux cristaux kyber pour son propre bien, et je crains que cette fascination ne la conduise à prendre des décisions discutables.

Imri sourit.

– Ne vous inquiétez pas. Je connais Avon. Elle a bon cœur.

La Jedi lui adresse un petit sourire et hoche la tête avant de le laisser à la contemplation de son sabre laser démonté.

Je peux mieux faire, se dit le Padawan. Il le faut s'il veut devenir un jour un Chevalier Jedi.

Il doit simplement comprendre ce que « mieux faire » signifie.

CHAPITRE 14

En trouvant la viande de nuna séchée au fond du sac d'Imri, Avon pousse un cri de joie. Elle est affamée : elle ne se souvient pas de la dernière fois où elle a eu aussi faim. Une chose est sûre, c'était avant d'arriver à Port-Haileap… Avant qu'elle ait J-6, avant qu'elle devienne si forte en sciences. Avant même qu'elle passe une saison sur Mon Calamari avec sa mère. Cela remonte à la période où elle était sur Hosnian Prime…

Avon se contracte et tente de repousser ce souvenir. Non, elle ne veut pas se rappeler. Elle refuse. Cependant, le souvenir remonte et elle se retrouve pétrifiée, à sa merci.

Il fait chaud et sa mère lui a ordonné de ne pas quitter l'enceinte des bâtiments. Mais les papillons bigarrés qu'elle veut étudier se trouvent de l'autre côté du mur, dans les bois. Comment peut-elle les attraper sans bouger d'ici ?

Elle se dit que le plus simple est de franchir le mur. Elle ne sait pas que quelqu'un l'attend.

– Avon, ça va ?

Imri effleure son épaule et ce contact tire brusquement la jeune fille de sa réminiscence. Elle cligne des yeux pour chasser ses larmes. Respirer profondément : c'est ce que les Jedi recommandent toujours, non ? Elle inspire, puis souffle.

– Ça va, j'ai juste été rattrapée par un souvenir.

– Un mauvais souvenir ?

Elle acquiesce.

– Oui, mais c'est terminé maintenant, merci. Et merci encore pour la viande de nuna séchée. T'es le meilleur.

Imri sourit et son air ravi écarte encore quelques ombres de l'esprit d'Avon.

– Je croyais que c'était moi, la meilleure, lance Vernestra depuis le fond de la grotte, où elle est adossée contre son sac.

– Non, toi, tu es la pire, réplique Avon.

Elle a voulu dire ça sur le ton de la plaisanterie, mais elle a prononcé ces mots d'une voix neutre, dépourvue d'émotions. Elle s'éclaircit la gorge.

– Désolée, je disais ça pour rire. Je crois qu'il faut que je mange.

Vernestra sourit.

– Pas de problème. Je le sens quand tu m'en veux vraiment. Tu es plus connectée à la Force que tu ne le penses.

Avon essaie de ne pas grimacer, sans succès. C'est reparti avec cette histoire de Force. Elle n'a rien contre la Force, elle est simplement fatiguée d'en entendre parler tout le temps. La jeune fille ouvre la bouche pour répondre, mais la referme. Elle décide que la chose la plus mature à faire est de prendre sa nourriture et de rejoindre J-6, pour manger en observant la droïde. C'est donc ce qu'elle fait.

Avon déchire l'emballage métallique de la ration et croque dans la viande séchée. Pas terrible, mais au moins ce n'est pas du ragoût de joppa. Elle mâche lentement avant d'avaler, prenant soin d'ouvrir la bouche le plus grand possible entre chaque bouchée et produisant ce que sa mère appellerait un « vacarme confirmé ». L'enseignement des bonnes manières à table a été une des premières missions que Ghirra Starros a confiées à J-6. Une programmation étrange pour une droïde garde du corps, mais cela a fonctionné et, ces dernières années, Avon a régulièrement eu droit à des sermons. Cependant, alors qu'elle mastique, J-6 ne lui fait aucun rappel à l'étiquette. Aucune récrimination, aucune suggestion constructive, rien. La droïde ne paraît même pas la remarquer.

Avon arrête de mâcher. Et si elle avait endommagé J-6 ? Sa modification a peut-être eu des conséquences, elle a peut-être compromis la droïde. Elle avale la bouchée de viande, qui semble s'accrocher dans sa gorge. Il est difficile de manger lorsqu'on a peur.

La jeune fille a eu l'occasion de s'en rendre compte, il y a bien longtemps.

– J-6, peux-tu lancer ton diagnostic standard ? demande-t-elle.

Elle sent un regard se poser sur elle et s'attend à découvrir Vernestra qui l'observe, comme d'habitude, avec un mélange d'inquiétude et d'amusement. Cependant, la Jedi et le Padawan se sont endormis, bercés par le crépitement régulier de la pluie, à l'extérieur de la caverne.

C'est le visage pâle d'Honesty qui est tourné vers elle. Il la contemple avec un air pincé.

– Inutile de lancer un diagnostic, Avon, répond la droïde. Je vais bien. Mieux que d'habitude, à vrai dire. Mes systèmes fonctionnent à merveille et même cette pluie assassine n'a pas réussi à me démoraliser. Mangez et laissez-moi tranquille.

Avon ricane.

– C'est incroyable, vu le nombre de fois où tu as gâché des expériences intéressantes parce que tu étais inquiète.

Honesty la dévisage toujours, ce qui commence à la rendre nerveuse.

– Hé, jeune fermier, ça va de ton côté ?

Le garçon sursaute et Avon comprend qu'il regardait dans le vide, perdu dans ses pensées – et pas dans sa direction.

– Oh, ouais, ça va. Désolé, j'observais les particules de poussière en suspension.

– Tu pensais à quoi ?

Il fronce les sourcils.

– Penser ?

– Ouais. Ce genre de regard fixe suppose généralement de grandes réflexions. Des plans, des dilemmes… Tu sais, quelque chose d'important.

Avon termine sa viande séchée et commence à froisser l'emballage métallique, mais elle se ravise et le plie soigneusement, avant de le glisser dans son sac.

– Tu pensais peut-être au fait que, comme la pluie est toxique, nous risquons d'avoir du mal à trouver de l'eau, ce qui n'est pas une bonne nouvelle pour nous autres, les êtres vivants. Ou alors tu te demandais peut-être quelle est la fréquence des pluies ici, si cette lune fait partie de ces mondes où elles durent toute une saison. Oh, d'ailleurs, j'y pense, J-6, dit Avon en s'arrêtant soudain pour se tourner vers la droïde. Peux-tu lister les lieux couverts de jungle et subissant des pluies acides qui figurent dans l'almanach de Leric Schmireland ? Concentre-toi sur le Système Haileap : ça devrait réduire le nombre de résultats.

– Qu'est-ce qu'un almanach ? demande Honesty, qui, à mesure qu'elle parle, a l'air de plus en plus renfrogné.

La jeune fille sourit. Elle aime bien ce garçon, qui semble ne rien connaître à la galaxie. Et puis, c'est amusant de pouvoir crâner un peu devant quelqu'un.

– C'est un index géographique des endroits connus. Il y a trois cents ans environ, la République a chargé

Leric et son équipe de cataloguer les planètes. L'objectif était de trouver des endroits viables et inhabités, afin d'y établir des colonies. Tu sais, la colonisation est assez terrible quand quelqu'un vit déjà sur place. Leric n'est jamais revenu sur Coruscant, mais, régulièrement, un de ses droïdes messagers livre un rapport à l'université. L'almanach de Schmireland n'est pas très utile : il contient surtout des anecdotes sur des planètes que personne n'aurait l'idée de visiter. J'ai demandé à J-6 de le télécharger, un jour où je m'ennuyais, histoire de l'avoir toujours avec moi. Mais, aujourd'hui, il va peut-être nous servir.

Avon bâille. La nourriture lui pèse sur l'estomac, et son corps comme son esprit sont épuisés par ces deux jours, ou presque, de lutte pour leur survie. Sa mère lui rappelait souvent qu'elle avait la vie belle, qu'elle ne se rendait pas compte de la chance qu'elle avait. Désormais, elle commence à comprendre ce qu'elle voulait dire par là.

– Alors ? Est-ce que… heu… J-6 sait où on est ? demande Honesty, voyant que la droïde ne répond pas.

– J-6 s'occupe un peu d'elle-même, merci beaucoup, réplique cette dernière. J'ai mes propres pensées, vous savez.

Avon cligne des yeux. *Ça*, c'est vraiment nouveau. Elle n'a aucun moyen de prendre des notes – son datapad doit être quelque part parmi les débris du *Steady Wing* –, mais elle enregistre mentalement cette information.

– À quoi penses-tu ? demande-t-elle à J-6.

– Cela ne vous regarde pas. Cependant, pour répondre à votre première question, il y a une entrée dans l'almanach qui décrit une zone de forêt dense avec une pluie corrosive. Cet endroit, qui orbite autour d'une géante gazeuse double dotée de deux soleils, est référencé en tant que Lune 2-3-1-2-3-4, plus communément connue sous le nom de Wevo.

– Excellent. Quelles sont les chances que quelqu'un passe dans le coin et remarque la balise de détresse que Vern a laissée dans la navette de maintenance ? demande encore Avon.

– Aucune route commerciale ne passe par cette région du système. Les nœuds hyperspatiaux les plus proches se trouvent à au moins deux jours d'ici, en subluminique. De ce fait, les probabilités sont vraiment, vraiment faibles.

Avon se tourne pour voir la réaction d'Honesty. L'air triste qu'il arbore en permanence s'est transformé en désespoir absolu.

– On va rester coincés ici pour toujours.

J-6 émet un bruit qui ressemble à un ricanement.

– Eh bien, au moins jusqu'à ce que vous n'ayez plus de nourriture et que je sois complètement déchargée. Une perspective guère réjouissante, je le crains.

Honesty hoche la tête, puis essuie les larmes qu'il n'a pas réussi à retenir.

– Et d'abord, qu'est-ce qu'il y a de tellement bien, sur Dalna ? demande Avon.

– Rien. Je veux dire… c'est chez moi. Tous ceux que j'aime sont là-bas.

Il dévisage Avon comme si des cornes venaient de lui pousser sur la tête. La jeune fille se dit qu'elle devra peut-être s'y habituer, car il continue de la fixer.

Elle s'installe un peu plus confortablement, s'allongeant sur le sol. Elle ne comprend pas pourquoi la détresse soudaine du garçon lui donne cette impression d'être aussi différente des autres. Peut-être parce que, contrairement à elle, il est certain de pouvoir rentrer chez lui. Elle se demande quel effet cela fait de savoir que l'on manque à sa famille, que l'on sera accueilli à bras ouverts. Avon n'a pas reçu d'holo de sa mère depuis presque un mois. La plupart du temps, cela ne la dérange pas, car elle a largement de quoi s'occuper. Aujourd'hui, pourtant, elle a l'impression d'avoir été envoyée aux confins de la galaxie et immédiatement oubliée. Sa mère est-elle seulement au courant de la destruction du *Steady Wing*? Ou qui que ce soit d'autre, d'ailleurs ?

Toutefois, ce n'est pas parce qu'elle a peur qu'Honesty devrait perdre espoir. Or, à en juger par sa réaction au commentaire de la droïde, il se sent un peu déprimé.

– Ne te laisse pas décourager par les prédictions de J-6. Ses calculs sont uniquement basés sur les informations dont elle dispose, et l'on peut modifier ces variables. Nous pouvons construire une balise de détresse plus efficace, voire trouver un moyen de réparer la comm avec d'autres parties de la navette. On ne peut pas le savoir avant d'avoir essayé. En attendant, tu es coincé sur Wevo avec nous, ce qui n'est pas si mal. Et, par chance, on a plein de ragoût de joppa.

Elle lance à Honesty un sourire éclatant, mais le garçon semble toujours découragé. Avon ne sait pas comment l'aider. Elle soupire.

– Essaie de dormir un peu, Honesty. On réfléchira à tout ça demain matin.

La jeune fille plonge alors dans un sommeil agité, rempli de rêves venus d'une période bien plus difficile.

JEDI

CHAPITRE 15

Honesty se réveille en sursaut. La première pensée qui lui vient, entre toutes, est : *Mon père est mort.* Une pensée douloureuse. Il se souvient de la première fois qu'il a perdu une molaire. Elle est tombée, comme la plupart de ses dents de lait, mais en laissant un espace plus large, plus marquant. L'idée que son père a disparu ressemble à cela, comme s'il cherchait du bout de la langue quelque chose qui devrait être là et qu'il ne trouvait que du vide.

Cette comparaison est un peu bancale, mais, en même temps, elle convient très bien.

Honesty n'aurait pas dû se disputer avec son père, ce dernier soir, tandis qu'il s'habillait devant le miroir de sa chambre. Il aurait dû le respecter, lui dire qu'il l'aimait très fort, qu'il se réjouissait de l'avoir près de lui. Cependant, il ne l'a pas fait et, désormais, il n'en aura plus l'occasion. À cette idée, des larmes lui piquent les yeux et il baisse la tête. Il a passé toute la nuit à pleurer en silence. Il ne veut pas que les autres voient sa tristesse.

Une larme coule alors le long de son nez : trop tard.

– Hé.

Honesty s'essuie la joue et lève les yeux. Imri est assis à côté de lui. Il tient une capsule d'eau, une des rares qui étaient à bord de la navette de maintenance.

– Tu as soif ?

Honesty hoche la tête. Il prend la capsule et boit. L'eau au goût poussiéreux emplit sa bouche.

– Nous n'en avons pas beaucoup, je voulais m'assurer que tu en aies une, dit Imri.

Il ne paraît pas inquiet. Rien ne semble vraiment déranger le Padawan – ce qui en soi est un peu énervant. Bien sûr, la veille, Imri était aussi remué que lui, mais, désormais, cette tempête émotionnelle est passée : le garçon sourit de nouveau. Sa détermination et sa constance paraissent surnaturelles, même si les instructeurs d'Honesty, sur Dalna, lui ont souvent répété que la clé de la survie était de garder la tête froide.

En gardant ton sang-froid, tu triompheras, même dans les situations les plus désespérées. Ce conseil ne lui a pas été donné par un instructeur, mais par son père. Honesty serre les paupières, puis les rouvre.

L'Ambassadeur Weft avait raison. Il doit garder la tête froide et affronter les difficultés en utilisant ses connaissances. Il ne peut plus sauver son père

– cela n'a jamais été une option –, toutefois, il peut survivre et transmettre à d'autres tout ce qu'il lui a appris. Jusqu'ici, Honesty a eu peur de donner son avis. Après tout, Vernestra est un Chevalier Jedi. Cependant, malgré toutes leurs compétences, les Jedi n'ont apparemment aucune expérience du terrain. Contrairement à lui. Il peut aider le groupe, ce qui lui permettra également de penser à autre chose qu'à la mort de son père.

La question qui se pose en premier, à part trouver un moyen d'émettre un message, c'est celle de leur survie à court terme. Ils ont pour l'instant de quoi manger, mais le manque d'eau potable va bientôt se faire sentir.

Or, sur Wevo, l'eau est toxique.

En buvant, Honesty observe la jungle à l'extérieur de la grotte, refusant de céder au désespoir qui le guette. La pluie a cessé et les buissons verts, qui ont été carbonisés par l'orage de la nuit précédente, sont en train de repousser rapidement.

– Ouah, tu as vu ça ? demande Honesty, dont le malaise laisse place à l'émerveillement.

Il se lève et se dirige vers l'entrée de la grotte : les lianes s'enroulent autour des troncs, s'élançant vers les cimes, grandissant bien plus vite que tout ce qui pousse sur Dalna.

– Ouais, répond Imri avec un sourire. La pluie détruit une partie de la végétation, mais on dirait que la lune a trouvé le moyen de se régénérer. Un équilibre.

Une ombre passe sur son visage, puis son sourire revient.

– Regarde, même ces étranges petits primates ont survécu.

Les créatures aux couleurs vives sautent de branche en branche, cueillant les énormes fruits bleus, lourds et ronds, qui pendent des arbres.

– Ils n'étaient pas là hier, si ? demande Honesty.

Imri fronce les sourcils.

– Les fruits ? Non, je ne crois pas.

Honesty boit le reste de sa capsule et la rend à Imri, en songeant aux techniques de terrain qu'on lui a enseignées. Dans ses cours de survie, il a appris que, sur certaines planètes, l'écosystème fonctionne par cycles, afin d'assurer la survie de certaines espèces. Sur Wevo, la pluie est corrosive, mais les petits primates sont peut-être capables de boire cette eau.

À moins qu'ils ne dépendent d'une ressource totalement différente…

Honesty sort de la cave en courant, en direction des arbres, ignorant les cris d'Imri. Si son hypothèse est correcte, la soif ne sera plus un problème pour eux. Arrivé près de l'arbre le plus proche, il tire sur un fruit bas et le décroche de sa branche. Un primate à la fourrure rouge, avec six bras et une queue incroyablement longue, pousse des cris de colère, mais Honesty retourne en courant vers la grotte avant que la petite créature puisse intervenir.

– Qu'est-ce que tu fais ? demande Imri, les yeux écarquillés. Tu devrais être plus prudent. On ne sait pas ce dont ces bestioles sont capables.

– Je pense qu'il est simplement énervé que j'aie volé ça, répond Honesty en levant le fruit.

Il est plus lourd qu'il en a l'air et lui rappelle les melons d'été que certains fermiers cultivent sur Dalna.

– Que se passe-t-il ? demande Vernestra en rejoignant les deux garçons près de l'entrée de la grotte.

Avon est juste derrière elle ; les électrolunettes connectées au droïde éclaireur retiennent ses cheveux frisés, qui semblent pousser à la vitesse des buissons de la jungle.

– Je crois qu'Honesty a une idée, répond Imri.

L'intéressé acquiesce.

– Sur Dalna, nous devons suivre certains cours pour préparer notre Métamorphose. Je me suis entraîné aux techniques de terrain – comment survivre dans différents climats –, et une des choses que mon professeur m'a enseignées, c'est qu'il faut utiliser parfois d'autres sources d'eau que les ruisseaux ou les rivières.

– Tu penses que l'eau potable de Wevo se trouve dans les fruits ? demande Avon, qui réfléchit à cette idée en fronçant les sourcils. Ce serait logique. Les arbres se sont adaptés à cet environnement d'une autre manière.

– Et ces petits animaux ont passé la matinée à manger les fruits et à en boire le jus, ajoute Vernestra.

Mais on ne va pas risquer de s'empoisonner pour vérifier cette théorie.

– Ce ne sera pas nécessaire, dit Avon avec un grand sourire. J-6 a un programme de gouvernante. Elle doit pouvoir prendre un échantillon de fruit et nous dire s'il est comestible. Mes modifications ne devraient pas interférer avec ça.

Vernestra croise les bras et regarde la jeune fille d'un air désapprobateur.

– Donc, tu as *bien* modifié sa programmation.

– J'ai juste assoupli certaines de ses obligations, pour lui donner davantage d'autonomie. Détends-toi, Vernestra. J-6 va bien, elle est simplement capable de se mettre à jour un peu plus facilement.

Vernestra ne semble pas convaincue et Imri a l'air perplexe, mais Honesty est impressionné, malgré lui. Il a toujours trouvé injuste que les droïdes n'aient jamais leur mot à dire, qu'ils soient obligés de vivre en étant soumis à leurs maîtres organiques, plutôt que d'être considérés comme des partenaires. Le garçon pense que ce serait une bonne chose qu'ils puissent décider un peu de la vie qu'ils ont envie de mener.

Avon lui fait signe de la suivre, et ils se dirigent vers J-6, au fond de la caverne. Elle n'a pas bougé de toute la nuit : elle est restée dans un coin, plongée dans ses mystérieuses réflexions. Quand ils arrivent près de la droïde, Avon se racle la gorge, comme si elle avait un peu peur de l'interroger au sujet du fruit.

– Oui, Avon. Avez-vous d'autres questions astronomiques ? demande J-6.

Les photorécepteurs qui lui servent d'yeux semblent un peu trop lucides au goût d'Honesty. Finalement, un droïde doté d'une conscience est peut-être plus terrifiant qu'il ne le pensait.

– Non, mais est-ce que ton programme de sécurité alimentaire fonctionne toujours ? On voudrait savoir si c'est comestible, dit Avon en indiquant le fruit que tient toujours Honesty.

J-6 soupire – une réaction étonnante de la part d'une droïde qui ne respire pas –, puis arrache le fruit des mains du garçon et l'écrase entre ses doigts. Honesty recule d'un bond et Avon hurle, éclaboussée par de la pulpe et du jus violet.

– Oui, c'est comestible, dit J-6, qui laisse tomber ce qui reste du fruit, tandis que Vernestra et Imri s'approchent.

– Eh bien, tant mieux, dit Avon.

Elle retire un morceau de chair bleue de ses cheveux, le met dans sa bouche et mâche lentement. Le goût ressemble à celui du melon mamba, en un peu plus piquant.

– Au moins, on ne mourra pas de soif, dit Imri en lançant un regard compatissant à Avon.

– Bon boulot, Honesty, fait Vernestra. C'était vraiment bien vu. On devrait en constituer une petite réserve avant que la pluie revienne. J-6, tu as bien dit qu'il y avait vingt pour cent de chances qu'il pleuve ?

– J'ai dit ça ? Peut-être. D'après les informations que j'ai sur cette lune, il pleut tous les soirs et les plus fortes averses commencent juste avant la nuit. Donc, tant que les soleils brillent, vous ne risquez rien. Sauf, bien sûr, si les données dont je dispose sont complètement fausses, mais, dans ce cas, je suppose que vous serez réduits à des tas de chair fondue avant de vous en rendre compte.

J-6 hausse les épaules, comme le ferait un humain, et personne ne dit rien pendant un très long moment. Puis Avon tend soudain les bras et enlace J-6, en souriant à pleines dents.

– Je t'aime tellement, murmure-t-elle.

Honesty est intrigué par la jeune fille, qui est aussi étrange qu'intelligente. Cependant, à cet instant, il décide que, s'il veut survivre, il va devoir garder ses distances avec le petit génie et sa droïde à l'humeur changeante.

CHAPITRE 16

Adossée à son sac, Vernestra mange un des nombreux fruits qu'ils ont cueillis avant le retour de la pluie. La saveur ressemble à un mélange de melon et de baies de givre, avec un arrière-goût piquant qui lui donne envie de faire claquer sa langue en signe de satisfaction. Honesty a eu une bonne intuition et Vernestra se réjouit de cette aubaine.

La Force a vraiment subvenu à leurs besoins.

La journée a été bien remplie. Personne n'a voulu prendre de risques : avant la pluie, ils ont fait une réserve de fruits, qui sont essentiellement constitués de jus. Ils en ont cueilli le plus possible, se servant sur les branches basses avant que les primates ne les chassent en poussant de petits cris. Imri s'est rendu compte que ces étranges créatures pouvaient vous sauter sur la tête lors d'un moment d'inattention.

Ses compagnons ont ri de bon cœur quand il s'est débattu pour se débarrasser d'une bestiole orange un peu trop obstinée. Avon a baptisé ces petits animaux des « touchatous », à cause de leurs nombreuses mains, et ils ont tous fini par adopter ce nom. L'ami touchatou d'Imri a même décidé qu'il préférait le jeune Padawan à son arbre. Il a passé le reste de la journée à se promener sur ses épaules, utilisant la haute taille du garçon pour attraper des fruits hors de sa portée.

– Tu vas lui donner un nom ? a demandé Honesty, qui ne pouvait s'empêcher de sourire en voyant le touchatou mâchouiller la tresse d'Imri.

– Je pense que je vais l'appeler Chiri.

– Parce que ça rime ? Bien vu, a dit Avon en hochant la tête. Imri et Chiri. Comme une équipe de cueilleurs de fruits sauvages.

Les petites créatures ont aussi essayé de rentrer dans la tunique de Vernestra. Mais, avant qu'elles puissent s'installer, elle les a précautionneusement attrapées et replacées dans les arbres. Elle s'est demandé si elles étaient sensibles à la Force : elles n'ont pas essayé de se blottir contre Avon et Honesty, qui ne s'en sont d'ailleurs pas plaints.

La nuit est tombée. À l'extérieur de la grotte, des torrents d'eau dévalent de nouveau la pente, brûlant le sous-bois, tandis que les touchatous se terrent dans leurs cachettes. Tous, sauf Chiri, qui a décidé de se lover dans la tunique d'Imri. La créature est en train de dormir, poussant de temps en temps un petit cri dans son sommeil. Demain, les lianes et les fougères basses reviendront, une fois de plus, comme ce matin. Les fruits repousseront et les touchatous se régaleront.

Encore une preuve de l'équilibre parfait de la Force, de l'harmonie visible de la galaxie. Envahie par un sentiment de paix, Vernestra ferme les yeux et s'endort en songeant aux rythmes de la lune.

Mort. Destruction. Désolation.

La Jedi ouvre brusquement les yeux en percevant cette dissonance, qui tranche avec la symphonie apaisante de la vie de Wevo. Elle s'assied et constate qu'Imri fait de même, un peu plus loin.

– Tu as senti ça ? demande-t-il en se levant d'un bond.

Vernestra acquiesce.

– Senti quoi ? demande Honesty en se redressant à son tour, à côté d'Avon.

La jeune fille était en train de lui expliquer quelque chose, à l'aide d'une équation tracée dans le sable fin.

– C'est la Force. Il y a un problème, dit Imri d'un air grave. Quelque chose qui n'est pas à sa place.

– Il y a quelqu'un d'autre sur Wevo ? demande Honesty.

Le front de Vernestra se barre d'un pli soucieux. Elle ne parvient pas à analyser la perturbation dans la Force aussi clairement qu'Imri, mais elle ne voit pas ce qu'un groupe d'individus seraient venus faire sur une lune aussi isolée. Quelque chose leur échappe, il y a sûrement une autre explication.

Imri secoue la tête.

– Il y a tellement de vie dans la jungle que je ne peux pas en être certain. C'est assez éloigné, mais ça semble… étranger.

– Et la pluie, elle ne te dérange pas ? demande Avon. Elle a fait fondre la manche d'Honesty !

– La pluie fait partie de cet endroit, répond Vernestra. Les animaux et les plantes s'y sont adaptés. Ceci est complètement différent.

– Il m'a semblé voir quelqu'un quand on est arrivés, dit Honesty. Mais je n'en étais pas sûr. Il y a peut-être d'autres rescapés du *Steady Wing*, après tout.

Le cœur de Vernestra se serre quand elle voit la lueur d'espoir dans les yeux du garçon. Elle sait que personne n'a survécu à la destruction du vaisseau. Elle l'a senti. Cependant, elle ne veut pas anéantir ses espoirs sans avoir davantage de preuves.

– S'il y a des gens ici, pourquoi est-ce que tu ne les as pas sentis le premier soir ? demande Avon en fronçant les sourcils.

– Ils étaient peut-être ailleurs, répond Imri.

– Et puis, nous n'étions pas vraiment en harmonie avec Wevo : il faut du temps pour commencer à connaître un endroit, ajoute Vernestra, impassible.

Elle se lève et s'étire, puis se tourne vers le Padawan.

– On devrait aller voir.

Imri hoche la tête et remonte son sabre laser, avant de le glisser dans son étui, sur sa hanche. Chiri proteste en poussant des cris aigus, mais il reste dans la tunique du Padawan. Apparemment, le touchatou a décidé que ce nid confortable valait bien quelques désagréments.

Avant de partir, Vernestra s'adresse aux deux plus jeunes.

– Restez ici. On n'en a pas pour longtemps.

Dehors, la pluie battante dégage le sous-bois, facilitant la progression à travers la jungle. Vernestra utilise son sabre laser pour couper une large feuille et puise dans la Force pour la faire léviter au-dessus de sa tête. Imri l'imite. Tandis qu'ils marchent, la Jedi repousse l'eau qui s'écoule sur le sol, leur permettant de rester presque au sec. N'importe où ailleurs, en cas d'averse, Vernestra aurait économisé son énergie et laissé la pluie faire son œuvre. Cependant, sur Wevo, ce n'est pas une option.

– De quel côté ? demande-t-elle.

Elle pourrait déterminer l'endroit d'où provient la perturbation dans la Force, mais, après sa conversation difficile avec Imri, la veille, elle a envie de le laisser faire. Elle perçoit les sentiments confus que le Padawan essaie d'ignorer et qui sont tous liés à la perte de son maître. Il a besoin de retrouver sa foi, non seulement dans la Force, mais aussi dans ses propres capacités. Et, pour lui, le meilleur moyen d'y parvenir, c'est d'utiliser son don.

– Je pense que cela vient de la plaine d'inondation, répond-il en fronçant les sourcils.

– Il faudra faire attention. Avec toute cette pluie, elle s'est peut-être transformée en rivière à l'heure qu'il est, prévient Vernestra.

Ils commencent alors à descendre la petite colline, rebroussant chemin en direction de la navette.

La pluie battante, qui tombe sur les arbres et les feuilles au-dessus de leur tête, couvre le bruit de leur progression. Vernestra sent qu'on l'observe : elle se tourne et voit que les touchatous se sont réfugiés dans leurs cachettes, des trous creusés dans les troncs. La luminosité ambiante est très faible et la Mirialan comprend trop tard qu'ils auraient dû emporter une lanterne. Seuls les éclairs réguliers illuminent l'implacable obscurité. La Jedi et le Padawan pourraient utiliser la Force pour s'orienter, éviter les arbres et les autres êtres vivants, mais cela finirait par les fatiguer et les choses pourraient alors devenir dangereuses. S'ils tardent trop à rentrer, ils seront à la merci de la pluie, comme n'importe qui.

– Par ici, dit soudain Imri en tournant à droite pour descendre une pente raide.

Quelque chose est passé par là, abattant les arbres et dégageant grossièrement un chemin. Vernestra reconnaît le bloc de pierre qui bouchait l'entrée de la grotte. Cependant, derrière lui se trouve un objet brillant.

Un vaisseau. Un transport de marchandises, dont le côté a été écrasé… par le rocher qu'Imri a fait rouler sur le flanc de la colline. Les lumières de service de l'appareil éclairent la zone, révélant l'étendue des dégâts. Vernestra culpabilise un peu : leur précipitation à dégager l'entrée de la grotte a eu des conséquences terribles pour quelqu'un d'autre.

– Il y a bien des gens ici, dit-elle.

– Oui, mais quelle sorte de gens ? demande Imri.

Il a raison. La perturbation que Vernestra a sentie provient du vaisseau et de ceux qui se trouvent à l'intérieur. Elle a déjà perçu un écho étouffé de cette sensation, quand elle a embarqué sur le *Steady Wing*, quelques jours plus tôt. La Jedi s'apprête à parler à Imri de ce qu'elle a ressenti en voyant le mécanicien aqualish, mais des cris retentissent, venus de l'appareil. La Jedi se cache sous les branches basses d'un arbre à larges feuilles et fait signe au Padawan de la rejoindre pour observer la scène.

L'appareil est un cargo de type ancien, compact et rectangulaire. Sa soute arrière est ouverte comme un coquillage, les portes supérieure et inférieure dévoilant l'intérieur. La conversation des passagers du vaisseau ressemble à une dispute.

– Ce n'est qu'une bande de gamins, Gwishi. Comment auraient-ils pu nous lancer ce rocher ? Je te le dis, cette lune est maudite. Je sais que vous autres, les Aqualish, vous ne croyez pas aux esprits, mais j'ai vu un fantôme des sables sur Pasaana. On ne plaisante pas avec ce genre de choses et cette pluie qui brûle les plantes est de mauvais augure. En plus, ces stupides animaux n'arrêtent pas de voler notre nourriture ! Maudite. Toute cette mission est maudite !

Une humaine à la peau pâle, avec des cheveux magenta vif rassemblés sur le sommet de son crâne, s'approche de la rampe d'embarquement. Elle regarde la pluie torrentielle qui s'abat sur la jungle.

– Ce ne sont pas des enfants. Ce sont des Jedi. J'en ai vu un sur le *Steady Wing* en plaçant les charges. Il faut s'en occuper avant qu'ils ne remarquent notre présence.

L'Aqualish dont Vernestra a croisé le regard sur la baie d'amarrage apparaît alors près de la femme. Il s'agit certainement du dénommé Gwishi.

– On doit tuer des enfants, maintenant? demande l'humaine.

– Oui, avant que Kassav ne l'apprenne. Tu veux lui dire en personne qu'on n'a même pas réussi une opération éclair? Nos ordres étaient simples : aucun rescapé. Si ces gamins ont non seulement survécu aux explosifs qu'on a cachés sur le *Steady Wing*, mais sont aussi parvenus jusqu'ici, c'est forcément grâce aux Jedi et à leurs tours de magie.

Près de Vernestra, Imri se contracte. Sa colère est palpable. En soi, ce n'est pas un problème : malgré ce que certains peuvent penser, les Jedi éprouvent des émotions. Cependant, celles qui émanent du Padawan dépassent la simple colère et l'indignation. Sa rage est si puissante, si violente, que Vernestra se demande s'il ne va pas sortir son sabre laser et attaquer les passagers du vaisseau endommagé.

– De grandes inspirations, lui souffle-t-elle. La vengeance n'est pas la voie de la lumière.

– Je sais, répond-il alors que sa tension retombe un peu. Mais J-6 avait raison : c'était un sabotage. Ils ont tué Maître Douglas. Et le père d'Honesty.

Vernestra lui fait signe de se taire, tandis que les deux saboteurs continuent d'échafauder un plan.

– Demain matin, dès que la pluie aura cessé, on débusquera ces skreerats et on s'en débarrassera pour de bon, dit Gwishi. Je ne laisserai pas notre Foudre être souillée par la honte de cet échec. Nous sommes des Nihil désormais, Klinith. C'est important, ajoute l'Aqualish avant de retourner à pas lourds dans le vaisseau.

Une fois qu'ils sont hors de vue, Vernestra sort de sa cachette et fait signe à Imri de la suivre. Soudain, Chiri saute de la tunique du Padawan et se rue vers l'ouverture du vaisseau.

Imri se lève pour courir après le touchatou orange. Il perd sa concentration et la feuille qui le protégeait tombe sur le sol. Quelques gouttes touchent sa peau, il pousse un cri. Vernestra intervient aussitôt, faisant de nouveau léviter son parapluie végétal.

Cependant, Imri ne le remarque pas. Il continue de poursuivre Chiri, que la pluie ne semble pas déranger. La créature grimpe la rampe d'embarquement et entre dans le cargo. Imri s'apprête à l'imiter, Vernestra sur ses talons, quand un cri retentit à l'intérieur du vaisseau.

– Cette fois, tu n'auras pas ma nourriture, espèce de petite peste !

Un coup de blaster, suivi d'un petit cri de douleur, résonne dans la carlingue. Puis une petite forme orange vole hors de l'appareil et s'écrase sur le sol.

Imri s'arrête net en dérapant dans la boue, qui carbonise lentement ses bottes.

– Chiri, murmure-t-il.

Le petit animal ne bouge pas. Vernestra sent que sa force vitale a quitté son corps. Elle agrippe Imri et le tire à l'abri sous les arbres, avant que quelqu'un ne retourne le blaster contre eux. Elle n'a qu'une seule idée en tête : rentrer à la grotte. Ils doivent protéger Honesty et Avon.

– On devrait les attaquer, dit Imri en se débattant.

– Non, pas maintenant. Il faut qu'on soit malins, et, pour l'instant, Avon et Honesty n'ont qu'une droïde gouvernante pour assurer leur sécurité. On va retourner à la caverne pour s'organiser.

Vernestra tire Imri à travers la jungle, faisant de son mieux pour les protéger de la pluie, car le Padawan a laissé tomber sa feuille et ne semble pas avoir l'intention de la remplacer. Ils se frayent un chemin jusqu'au passage dégagé par le rocher, puis remontent la pente. La pluie incessante efface leurs traces, au fur et à mesure. Un silence inconfortable pèse entre eux. Vernestra se demande quoi faire. Il doit y avoir une réponse adaptée, mais laquelle ? Imri avait-il raison ? Auraient-ils dû attaquer ces deux individus sans savoir qui ils étaient ? Vernestra ne le pense pas. Les Jedi peuvent se défendre, mais ils considèrent que la vie est sacrée – que *toutes* les vies sont sacrées. La violence ne doit intervenir qu'en dernier recours.

Imri s'est un peu calmé. Il allume son sabre laser, dont la lame est toujours faible et vacillante, et coupe une feuille pour s'abriter de la pluie, qui s'est transformée en bruine.

– Ce sont sûrement les pirates de l'espace dont parlait Douglas.

Vernestra se tourne vers le jeune homme. Il bouillonne de colère et elle s'étonne qu'il puisse utiliser la Force dans cet état.

– Ils ont dit qu'ils étaient des Nihil. Tu en as déjà entendu parler ?

Imri secoue la tête.

– Non, mais Douglas avait un holo d'un autre Jedi, qui parlait de dangereux maraudeurs sévissant dans le Secteur Dalnan. Je n'ai pas vu l'enregistrement. Il m'a fait sortir de la pièce pour le regarder, mais il s'agissait certainement d'eux.

Vernestra acquiesce. C'est logique. Elle est prête à parier son sabre laser que le vaisseau a été volé.

– Qu'est-ce qu'on fait maintenant ? demande Imri en marchant.

– On rentre à la grotte et on explique à Avon et Honesty ce qu'on a appris. Puis on trouve un moyen d'arrêter ces deux Nihil, afin qu'ils soient jugés par une cour de la République. C'est notre rôle. Il va falloir être malins pour que personne ne soit blessé. On a besoin d'un plan.

Imri ne dit rien. Vernestra sent toujours la colère qui l'habite, même si elle est un peu moins intense. La Jedi espère que le garçon pourra se débarrasser de ces émotions négatives : elles risquent de l'entraîner sur un chemin dont elle ne pourra pas l'écarter.

CHAPITRE 17

Avon tourne en rond dans la grotte : elle n'a rien trouvé de mieux à faire. Quand les Jedi ont senti une présence sur la lune et sont partis, Honesty s'est retiré dans son coin, de nouveau morose. Alors même qu'elle était en train de lui expliquer la démonstration d'Hyderson ! Ce garçon n'est pas fait pour les mathématiques.

Avon aurait pu discuter avec J-6. Elle trouve la transformation de la droïde en matrone acariâtre à la fois délicieuse et fascinante, mais cette dernière a annoncé à la cantonade qu'elle allait se mettre en veille pour économiser son énergie, puis s'est déconnectée. Avon a songé à allumer SD, pour qu'il suive Vernestra et Imri. Cependant, le petit droïde éclaireur n'est plus chargé qu'à vingt-cinq pour cent, et ils risquent d'en avoir encore besoin. Elle n'a donc rien d'autre à faire, à part les cent pas.

Elle a commencé à creuser un sillon dans le sable quand Honesty se relève soudain.

– Comment t'es-tu retrouvée à Port-Haileap ? demande-t-il.

Avon s'arrête brusquement.

– Quoi ?

– Eh bien, pendant que tu m'expliquais ce truc de maths…

– Ça s'appelle une démonstration.

– D'accord, pendant que tu m'expliquais cette démonstration, eh bien, tu as dit que ton professeur, sur Hosnian Prime, t'avait parlé de la relation réciproque entre énergie et matière.

– Hé ! Tu écoutais pour de bon ! s'exclame Avon.

Honesty lui lance un regard en coin.

– Je fais toujours attention à ce que les gens me disent. C'est comme cela que l'on apprend à connaître la galaxie. Quoi qu'il en soit, Hosnian Prime est très loin de Port-Haileap. Comment t'es-tu retrouvée là-bas ? Ta mère n'est pas sénatrice ?

Le cœur d'Avon tape dans sa poitrine. Elle repense à ce que lui répétait son droïde de support émotionnel – son premier compagnon, avant que sa mère décide qu'elle avait besoin de quelque chose de plus sophistiqué, comme J-6. « Parler de ses sentiments aide à normaliser et à synthétiser ces émotions. Vous devriez parler plus souvent de ce qui vous est arrivé. »

Cependant, ce n'est pas ainsi que la famille Starros fonctionne. Quand son père, qui rêvait de cartographier les hypervoies, est parti vivre à la lisière de l'Espace Sauvage, Ghirra, sa mère, n'a pas dit un mot. Elle a simplement informé Avon qu'il ne dînerait pas avec elles. Plus jamais. Et quand Eldie Starros, l'arrière-grand-mère d'Avon, est décédée, la famille s'est réunie pendant exactement une heure, afin de lui rendre hommage et de déguster une sélection de ses plats préférés. Puis chacun est retourné à ses affaires.

Le clan Starros n'est pas vraiment porté sur les sentiments : c'est pour cela qu'Avon a beaucoup de mal à parler de son exil.

– Je... Il m'est arrivé quelque chose de grave, dit-elle en soupirant, avant de se laisser tomber sur le sable meuble, près d'Honesty. Quand j'étais sur Hosnian Prime, on vivait dans une résidence privée ultrasécurisée. À l'époque, ma mère était une jeune sénatrice et elle passait plus de temps sur Coruscant qu'à la maison. Mais ça allait. J'avais le reste de mon clan avec moi, je ne manquais pas de compagnie. Jusqu'au jour où j'ai trouvé un spécimen particulièrement intéressant, un palpitoptère. Je ne sais pas s'il y en a sur Dalna.

– Oui, murmure Honesty.

Quelque chose dans sa voix convainc Avon de poursuivre.

– J'ai toujours été douée pour comprendre comment les choses fonctionnent. Du coup, je savais désactiver la barrière d'énergie qui protégeait l'enceinte familiale. Alors j'ai suivi les palpitoptères dans les bois, derrière la maison. Je n'avais jamais réfléchi à la raison pour laquelle notre famille avait besoin d'une telle protection. Puis j'ai été enlevée par un groupe local : ils voulaient faire pression sur ma mère, pour qu'elle défende une loi sur le commerce au Sénat.

Honesty cligne des yeux

– Tu as été enlevée ? C'est horrible.

– Ouais, c'était pas génial, admet Avon avec un petit rire forcé. Mes oncles m'ont retrouvée et ont tué mes ravisseurs. Mais, lorsque ma mère l'a appris, elle était furieuse. Après ça, elle m'a emmenée partout avec elle. Moi, je n'avais qu'une envie : rentrer à la maison, sur Hosnian Prime. Ou alors vivre sur Coruscant, avec les enfants des autres sénateurs. Mais, comme c'était impossible, disons que je me suis débrouillée pour qu'on m'exile.

– Donc ta mère t'a envoyée à Port-Haileap pour te protéger ?

– Ma mère m'a envoyée là-bas parce qu'elle me hait et qu'elle en avait assez que je perturbe sa carrière, réplique Avon, sur un ton étonnamment vif.

– Ce n'est pas du tout vrai, intervient J-6.

– Je croyais que tu étais en veille, marmonne Avon.

– J'ai entendu la note de détresse dans votre voix, ce qui m'a sortie de ma stase. Mais vous devez comprendre que votre mère vous a envoyée à Port-Haileap parce qu'elle pensait que vous y seriez en sécurité. Ce poste avancé est loin des voies les plus fréquentées et les Jedi s'y sont établis de manière durable. De plus, je suis là. Je suis parvenue à vous garder en vie pendant les trois dernières années, ce qui n'était pas une mince affaire. Je mérite des applaudissements.

– La droïde a raison, dit Honesty, qui lance toutefois à J-6 un regard un peu méfiant. Si ta mère te détestait, elle t'aurait simplement renvoyée dans ta famille, pour que quelqu'un d'autre se charge de toi, non ?

Avon ouvre la bouche pour répondre, puis la referme d'un coup. Honesty a raison – tout comme J-6, d'ailleurs. Les paroles du garçon lui ont permis de voir les choses sous un nouveau jour et d'aboutir à une conclusion complètement différente. Peut-être que sa mère l'a envoyée à Port-Haileap parce que c'était ce qu'il y avait de mieux à faire à ce moment-là. Peut-être.

Bien sûr, c'était avant qu'Avon se retrouve à bord d'un paquebot de luxe en voie de désintégration. Mais, malgré tout, d'après les données disponibles et les informations concordantes, Haileap était alors l'endroit le plus sûr de la galaxie pour Avon.

La jeune fille se sent soudain soulagée du poids qui pesait sur elle depuis des mois, et elle s'en réjouit.

– Tu as raison. Merci, Honesty. Tu es un bon ami.

Le garçon cligne des yeux.

– Quoi ?

– Tu m'as permis de prendre du recul sur un problème que je n'arrivais pas à résoudre seule, ou, en tout cas, pas correctement. Les amis sont là pour ça.

Les joues d'Honesty rosissent.

– Oh, eh bien, de rien !

La magie de ce moment est brisée par Vernestra et Imri, qui arrivent en courant dans la grotte. Les deux Jedi paraissent agités.

– Alors, on est sauvés ? demande Avon.

– C'est tout le contraire, répond Imri, les mâchoires serrées.

Avon n'a jamais vu le Padawan exprimer autre chose qu'un léger amusement : son expression colérique est aussi insolite qu'inquiétante. Les Jedi ne sont-ils pas censés garder leur calme ? La Force n'est-elle pas censée les empêcher de s'énerver ?

– Où est Chiri ? demande Honesty.

– Disparu, répond Imri avant de se diriger dans un coin, au fond de la grotte, la tête basse.

Avon a l'intuition que le touchatou n'est pas retourné dans la jungle, mais qu'il a disparu de manière plus définitive.

– Nous avons trouvé la perturbation que nous avions ressentie, explique Vernestra en lançant à Imri un regard inquiet, qui confirme l'impression d'Avon. Deux pirates – ou quelque chose comme ça. Ils ont dit qu'ils étaient des Nihil.

Honesty se lève d'un bond.

– Des Nihil ? C'est une très mauvaise nouvelle.

Vernestra hausse les sourcils.

– Tu les connais ?

– Oui, c'est une des raisons pour lesquelles les Dalnans n'aiment pas les voyages spatiaux. Les Nihil sont des pirates, mais ils ne se contentent pas de voler.

Ils aiment faire du mal aux gens. Ils attaquent en utilisant du gaz, pour perturber leurs cibles, et ne laissent jamais aucun survivant. Ils se cachent dans des zones dangereuses et inconnues de l'espace. Généralement, ils disparaissent aussi rapidement qu'ils sont venus. Ils ont fait du mal à Chiri ?

– Oui, mais ce n'est pas tout. Ils ont dissimulé des explosifs sur le *Steady Wing*. C'est pour cela qu'aucune des protections du vaisseau n'a fonctionné.

Imri parle d'une voix monocorde, dépourvue d'émotions. Avon a envie de le prendre dans ses bras et de trouver ceux qui ont affaibli la flamme intérieure du Padawan.

– Quoi ? s'exclame Honesty.

Les poings serrés, le garçon tremble de colère. Avon pose une main sur son épaule, mais il l'écarte et s'approche de Vernestra.

– Qu'est-ce qu'ils ont dit ? Comment savez-vous tout ça ?

– Nous les avons entendus discuter entre eux. Il ne devait y avoir aucun survivant et ils savent qu'on est là. Ils vont probablement tenter de nous éliminer.

Avon n'a jamais vu la Jedi aussi indécise. Elle n'a pas peur – elle n'a jamais peur –, mais elle semble prise au dépourvu.

– On ne va pas attendre qu'ils nous trouvent et nous tirent dessus. On doit prendre les devants, dit Avon.

Honesty acquiesce.

– On devrait les tuer.

– Ou alors, intervient Avon avant que les Jedi puissent répondre, on les capture pour savoir pourquoi ils ont détruit le *Steady Wing*. Ce sabotage cache forcément quelque chose de plus important. On devrait chercher quoi.

– Ils ont tué mon père ! s'écrie Honesty, dont le regard lance des éclairs, même dans la pénombre de la caverne. On ne peut pas se contenter de les attraper et de leur poser des questions. Ils doivent payer pour ce qu'ils ont fait !

– Et ils paieront, affirme Vernestra en hochant la tête. Mais cette justice doit être rendue par la République. Avon a raison : nous sommes quatre et ils ne sont que deux. On devrait parvenir à les capturer, non ?

– Nous sommes six, rectifie la jeune fille. N'oublie pas J-6 et SD. Tu as dit qu'ils avaient un vaisseau ?

– Oui, mais il est endommagé, répond Imri. Et même si nous les capturons, qu'allons-nous faire de deux prisonniers ? On arrive à peine à survivre.

Le Padawan semble beaucoup moins convaincu par l'idée d'Avon que Vernestra.

– Vous êtes des Jedi, insiste Honesty. Pourquoi est-ce que vous ne vous en occupez pas vous-mêmes ? Une fois qu'ils seront morts, on pourra se soucier de réparer la navette. Imri, tu as un sabre laser. Tu n'as pas envie de montrer à ces Nihil qu'ils ne peuvent pas agir à leur guise, en toute impunité ?

Le Padawan ne répond pas, se contentant de serrer les poings. Avon sent que les choses sont en train de déraper. Comme Vernestra ne dit rien, elle prend une grande inspiration et intervient.

– On pourra utiliser des pièces de leur vaisseau pour réparer la navette de maintenance. Avec un système de navigation décent et quelques améliorations, on pourra regagner Port-Haileap ou même Dalna.

L'idée de tuer quelqu'un, même des individus aussi mauvais que ceux qui ont saboté le *Steady Wing*, lui déplaît. Quand ses oncles ont annoncé à sa mère qu'ils s'étaient occupés de ses ravisseurs – ce qui voulait dire qu'ils les avaient éliminés –, Avon ne s'est pas sentie mieux pour autant. Elle s'est seulement sentie très triste. La mort de ses kidnappeurs n'a pas rendu ce terrible épisode plus supportable, bien au contraire.

Avon ne comprend pas comment un meurtre peut résoudre un problème. Inévitablement, les choses dégénèrent. Mieux vaut trouver des explications et une solution plus logique.

Non ?

– Très bien, alors on est d'accord, conclut Vernestra.

Avon n'a pas entendu ce qui a été dit pendant qu'elle était plongée dans ses pensées. Cependant, Imri et Honesty semblent mécontents. Elle en déduit qu'ils vont essayer de capturer et d'interroger les saboteurs, avant de réparer la navette.

– Vous devriez tous vous reposer un peu, dit Vernestra avant de poser ses mains sur ses hanches et de dévisager ses compagnons. Je vais prendre le premier quart de garde et trouver un plan d'attaque.

Nous pourrons passer à l'action dès le lever des soleils.

Son ton laisse entendre qu'elle n'acceptera aucune discussion, et personne ne proteste. Chacun repart dans son coin de la grotte et s'installe pour la nuit.

Tandis qu'Avon se couche près de J-6, la droïde se tourne vers elle.

– Vous rendez-vous compte que ce plan n'a aucune chance de fonctionner ?

– Tu penses que c'est une mauvaise idée ? demande Avon, soudain inquiète.

– Oh, non. C'est une excellente idée, mais je connais les gens et quelque chose me dit qu'Honesty n'a que faire de la logique pour l'instant. Sous le coup de l'émotion, même le meilleur plan du monde peut paraître stupide.

J-6 se tait et Avon réfléchit à ses paroles.

Elle craint que la droïde ait raison, que la peine d'Honesty ne puisse pas être soulagée par la science. Plus inquiétant encore, Imri avait l'air furieux. Il a perdu la paix intérieure qui émane habituellement des Jedi. Que se passe-t-il quand un Jedi perd le contact avec le côté lumineux de la Force ? Certainement rien de bon.

Pour autant, se dit Avon, la vengeance n'est pas une meilleure solution.

CHAPITRE 18

Imri ralentit sa respiration et se projette dans la Force. Malgré tous ses efforts, ce lien vital semble lui échapper. On lui a expliqué qu'il faut toujours être calme et concentré pour méditer, que cette sérénité permet de se connecter à la Force cosmique et au reste de la galaxie. Mais, assis dans le noir, sur le sol de la grotte, Imri ne parvient pas à trouver la paix. Il est perdu, à la dérive, et la Force est trop loin pour l'aider.

Il a toujours voulu être un Jedi, le meilleur Jedi. Pendant longtemps, personne ne l'a pris au sérieux. Il était le garçon bizarre qui dépassait en taille tous les autres novices et Padawans, celui qui parlait le basic avec un étrange accent. Hynestia, sa planète d'origine, est éloignée du centre de la galaxie. À cause de ses manières inhabituelles, les autres novices avaient pitié de lui ou l'évitaient. Et, quand il est devenu Padawan,

Imri a vécu dans la peur. La peur d'apprendre que son lien avec la Force était trop faible pour être amélioré. La peur qu'on l'envoie dans un temple isolé, pour étudier et pourvoir aux besoins de la population locale, plutôt que de combattre du côté de la lumière.

C'est alors qu'il a rencontré Douglas et qu'il a retrouvé la foi dans sa vocation. Douglas a vu en lui quelque chose que personne d'autre ne voyait. Un potentiel.

Désormais, Douglas a disparu, et, avec lui, tous les fruits du travail acharné d'Imri. Il ne fera pas de pèlerinage sur Jedha pour communier avec la Force, avant de se rendre sur Coruscant et de passer les épreuves de la Chevalerie. Il ne s'entraînera pas à manœuvrer un vaisseau, il n'apprendra jamais à voler sur un Vector, ces vaisseaux que seuls les Jedi peuvent piloter. Il ne reste rien de tout cela, à part de la tristesse et un avenir incertain. Au mieux, les responsables de la mort de Douglas vont attendre le verdict de la République. Un verdict qui prendra des mois, voire des années à être prononcé.

Ce n'est pas juste. La Force est censée créer l'équilibre dans toute la galaxie, mais il n'y a rien de juste ni d'équilibré dans le fait que des pirates puissent détruire un vaisseau rempli de passagers, en toute impunité. Surtout dans une galaxie où tant de gens peuvent périr dans un accident de l'hyperespace – ces Émergences qui ne sont peut-être pas si accidentelles que ça. Pour couronner le tout, au moment où Imri se liait avec Chiri, cette petite créature qui lui faisait si facilement confiance, son ami à fourrure a été tué.

Alors Imri n'éprouve ni clarté, ni paix, ni tranquillité. Il se sent triste et peut-être un peu perdu. Comment la Force peut-elle emprunter de si terribles chemins ?

Imri sursaute : une chose étrange et puissante vient d'effleurer sa conscience. Une colère éclatante, ardente. Une sensation si fugitive qu'il se demande s'il ne l'a pas imaginée. Il ouvre brusquement les yeux. Tous les autres dorment, même Vernestra. Elle avait prévu de monter la garde toute la nuit, mais, quand il a proposé de la remplacer, elle a volontiers accepté. Il a senti les vagues de fatigue qui émanaient d'elle, ainsi que son anxiété : elle ne savait pas du tout comment ils allaient capturer ces pirates, le lendemain matin. Son instabilité émotionnelle lui a facilité la tâche. En faisant croire à Vernestra qu'il était serein, il l'a un peu rassurée et l'a convaincue de se reposer. La colère d'Imri inquiète peut-être la Jedi, mais plus il se laisse aller à cette émotion, plus il décide de la suivre, et mieux il se sent.

Elle lui donne de la force.

Cette colère est tellement plus agréable que la tristesse qui le mine depuis la destruction du *Steady Wing*. Elle est justifiée : il va s'en servir pour affronter les pirates, qui lui ont pris ce qu'il avait de plus cher au monde. Imri n'est peut-être pas capable de puiser dans la Force en ce moment, mais il se dit que l'intensité de ses convictions peut compenser cette puissance.

Il va rendre aux Nihil le désespoir qui pèse sur lui depuis quelques jours. Au centuple. Ils vont payer pour la mort de son père.

Imri cligne des yeux et se rend compte que la rage féroce qu'il a éprouvée ne provient pas de lui : elle irradie d'Honesty. Si le Padawan est incapable de communier avec la Force, il n'a aucun problème à ressentir et à partager les sentiments du garçon.

Pour une fois, Imri va peut-être se laisser guider par des émotions qu'il n'est pas censé suivre.

Il se lève et active son sabre laser, prêt à sortir sous la pluie, dans l'obscurité, pour punir les pirates. Cependant, il s'arrête et change d'avis, éteignant son arme.

Sans l'avantage que lui donne habituellement la Force, il a besoin de quelqu'un pour couvrir ses arrières. Pourquoi ne pas demander à Honesty, qui est encore plus en colère que lui ?

Le Padawan se dirige vers le garçon et se penche vers lui.

– Je sais que tu ne dors pas.

Imri n'est peut-être pas guidé par la Force, mais il se dit que les Jedi ne sont pas les seuls à pouvoir décider de ce qui est bien ou mal dans la galaxie. Les gens qui ont vraiment souffert peuvent avoir leur mot à dire de temps en temps.

Et ce moment est peut-être venu.

CHAPITRE 19

Honesty fait semblant de dormir. Il est doué pour ça. Il a de l'entraînement. Sur Dalna, cela lui a souvent permis d'éviter sa mère et les projets qu'elle avait pour lui. Elle pensait qu'il dormait davantage que les garçons de son âge ; en réalité, certains soirs, il préférait se coucher tôt et éviter de se disputer avec ses parents à la moindre occasion.

Il ne reste plus que sa mère, désormais. Son père ne reviendra jamais.

La peine l'envahit, comme jaillie de nulle part. Et, cette fois, elle est suivie par une rage dévorante. Les gens qui ont tué son père et le maître d'Imri ne sont pas très loin d'ici, et il faudrait faire comme si de rien n'était ? Se contenter d'attendre ? Leur demander poliment de se rendre pour être jugés par la République ?

Non.

Honesty respire profondément. Ce sentiment a été si soudain, si puissant, qu'il lui semble étranger. Il doit se maîtriser : il a entendu Avon expliquer que les Jedi pouvaient sentir les émotions fortes et il ne veut pas que Vernestra perçoive l'étendue de sa colère. Alors il souffle et refoule sa rage, la cache au plus profond de lui-même. Si loin qu'il ne pense plus qu'au crépitement de la pluie à l'extérieur et au ragoût de joppa qu'il va manger dans quelques heures, quand il sera temps de rompre son jeûne.

– Je sais que tu ne dors pas.

Honesty ouvre les yeux. Imri est accroupi à côté de lui : il lui fait signe de le suivre. Honesty obéit et se lève sans faire de bruit. Vernestra, qui est allongée non loin de là, semble dormir.

– Elle ne devait pas monter la garde ? demande le garçon.

– Si, mais je lui ai proposé de prendre la relève, pour qu'elle puisse se reposer un peu.

L'expression ouverte et sereine que le Padawan arbore habituellement s'est refermée comme un poing, comme si cet air sombre appartenait à un autre. Honesty ne connaît pas très bien Imri, mais il frissonne.

– Je vais retrouver ces vermines qui ont tué mon maître et leur faire payer leurs crimes, explique le Padawan. Tu es avec moi ?

Le cœur d'Honesty bondit dans sa poitrine, agité d'un mélange de joie et de crainte. C'est ce qu'il voulait, non ? Pourtant, une peur intense l'étreint. Les Jedi ne sont pas censés tuer. Cela va à l'encontre de toutes leurs convictions. Le père d'Honesty faisait souvent l'éloge des Jedi, saluant leur diplomatie et leur clairvoyance ; or la proposition d'Imri contredit ces principes.

Et puis, plus largement, son père voudrait-il être vengé ? Honesty ne l'a jamais entendu hausser la voix, même à l'époque où le garçon désobéissait volontairement. L'ambassadeur dalnan était le genre d'homme à capturer une araignée flammèche pour la relâcher à l'extérieur. « Cette petite araignée vit seulement sa vie. Ce n'est pas sa faute si elle s'est perdue », disait-il en chassant la créature par la porte. Céder à la violence semble être à l'opposé de ce que son père voudrait.

Cependant, Honesty se redresse : si Imri veut se battre, ne devrait-il pas ressentir la même colère ? Il veut devenir un guerrier. Il n'a pas à se soucier de ce que son père préférerait, car il est *mort.* Honesty est furieux, il souffre. Et le meilleur moyen de remédier à cette souffrance serait de retrouver les coupables.

Un soldat doit se battre.

– Je suis avec toi, dit-il.

Imri hoche la tête.

– Tu as ton blaster ?

Honesty tapote l'arme, restée accrochée à sa ceinture depuis qu'Avon la lui a donnée. Imri fait volte-face et s'éloigne ; Honesty est obligé de courir pour le rattraper.

La pluie a cessé, mais elle dégouline toujours des feuilles, tandis qu'ils se frayent un passage dans la jungle. Une goutte tombe sur la manche d'Honesty, à un endroit différent de la première, et il pousse un cri quand l'eau lui brûle la peau. Il va avoir une autre cloque.

– Attention, dit Imri.

– Tu ne peux pas faire léviter des feuilles au-dessus de nos têtes ?

– Non, répond le Padawan d'une voix plate. Pas maintenant.

Cette réponse dérange un peu Honesty, sans qu'il sache vraiment pourquoi. Un Jedi refuserait-il d'utiliser la Force ? Qu'est-ce que cela signifie ?

– Tu as déjà fait ce genre de choses ? demande-t-il tandis qu'ils progressent prudemment parmi la végétation.

– Oui, quelques fois. Avec Maître Douglas, on devait de temps en temps quitter Port-Haileap, pour chasser des pirates qui harcelaient les voyageurs. Je ne les ai jamais trouvés vraiment dangereux, pas au point de s'inquiéter en tout cas. Apparemment, j'avais tort, dit Imri en serrant les dents et en indiquant une légère pente, où un passage a été creusé de force parmi les arbres. On va descendre par là.

– Tu as un plan ?

Maintenant qu'il est là, Honesty est beaucoup moins sûr de vouloir se battre. Il a suivi de nombreux cours de combat rapproché : cela fait partie des compétences qui seront évaluées lors de sa Métamorphose, avant qu'il puisse être considéré comme un adulte sur Dalna. Cependant, il n'a jamais imaginé qu'il devrait affronter un véritable pirate. Le combat n'est pas vraiment son fort et tout le monde sait que ceux qui passent leur vie à piller les voies spatiales sont cruels et impitoyables. Imri a peut-être la Force avec lui, mais Honesty, pour sa part, n'a qu'un minuscule blaster. Ce qui n'est guère rassurant.

– Le plan est simple : il te suffit de me suivre, répond le Padawan en se redressant.

Son visage est toujours aussi fermé et Honesty recule d'un pas. On dirait que quelque chose a envahi le Padawan, quelque chose de sombre qui le pousse sur le chemin de la vengeance. Lorsque le Dalnan s'en rend compte, une part de sa colère retombe.

– On devrait peut-être rentrer, suggère-t-il à voix basse. Attendre que Vernestra et Avon puissent nous aider.

– Vernestra ne fera jamais de mal à personne, pas si elle peut l'éviter, répond Imri. Viens, maintenant, assez hésité. Soit tu es avec moi, soit non. J'ai besoin de ta colère, Honesty. N'es-tu pas furieux de ce qu'ils ont fait à ton père ? De la peur qu'il a dû ressentir au moment de sa mort ?

En un claquement de doigts, la rage d'Honesty bouillonne de nouveau en lui.

Imri commence à avancer silencieusement entre les arbres. Le garçon hésite à peine une seconde avant de lui emboîter le pas. Il veut se venger, même s'il se demande si c'est vraiment la meilleure solution. Alors il chasse ses doutes et suit son aîné vers le transport de marchandises endommagé.

– Qu'est-il arrivé à leur vaisseau ? murmure-t-il.

Imri lui fait signe de se taire. Ils se tiennent derrière un énorme rocher qui est enfoncé dans le flanc de l'appareil. Au signal d'Imri, Honesty dégaine son blaster et le Padawan active son sabre laser. La lame de plasma crépite. Imri indique la droite, puis se désigne et pointe le doigt vers la gauche.

Honesty comprend facilement sa stratégie. S'il hésite, c'est seulement parce qu'il s'attendait à un plan plus élaboré. Celui-ci semble au mieux incomplet.

Cependant, le garçon ne dit rien. Il acquiesce, les lèvres serrées, partant furtivement dans la direction qu'Imri a indiquée.

Les deux soleils se lèvent. Autour d'Honesty, le monde s'illumine rapidement. Tandis qu'ils avancent en silence, les buissons poussent à vue d'œil et le garçon a de nouveau peur. Il n'aurait jamais dû quitter la grotte.

Écartant ses doutes, il se concentre sur son approche du vaisseau. L'entrée de la soute lui fait face. Il ne voit pas Imri, mais il doit être de l'autre côté : ils vont entrer ensemble dans le vaisseau.

C'est alors qu'Honesty entend un blaster ronronner près de son oreille.

– Si j'étais toi, je lâcherais mon arme, skreerat.

Le garçon n'hésite qu'un court instant avant de laisser tomber son petit blaster parmi les fougères qui s'enroulent autour de ses chevilles. Un canon s'enfonce violemment dans son dos et Honesty fait un pas en trébuchant.

– Avance, ordonne l'individu derrière lui.

Il obéit, le cœur battant ; c'est la première fois qu'il a vraiment peur depuis leur course effrénée dans le *Steady Wing*, à la recherche d'une capsule de sauvetage. Il ne peut pas voir son interlocuteur, mais sa voix grave et rocailleuse le dissuade de discuter.

En passant le coin du cargo, Honesty comprend que leur plan n'avait aucune chance de réussir. Imri est allongé sur la rampe de chargement, inconscient ou mort. Vernestra avait raison. Ils ont sous-estimé les pirates et vont maintenant en payer le prix.

– Il est mort ? demande le pirate à la voix rocailleuse.

Il pousse vers l'avant Honesty, qui tombe sur la rampe à côté d'Imri. Le garçon se retourne et constate que son ravisseur est un Aqualish. Il y a de nombreux Aqualish sur Dalna, mais ils sont tous gentils et agréables. Celui-ci a perdu un œil et sa fourrure hérissée lui donne un air cruel. Une cicatrice bleutée strie le côté droit de son visage. Il sourit et un frisson parcourt l'échine d'Honesty : le pirate est visiblement sans pitié.

– Non, je l'ai juste assommé, répond une humaine à la peau pâle et aux cheveux rose vif.

Debout à côté d'Imri, elle tient dans sa main le sabre laser du Padawan. Elle appuie sur le bouton, mais rien ne se passe.

– Comment est-ce que ça marche ?

– Pourquoi ? Tu as l'intention d'émincer quelque chose ?

L'Aqualish prend le sabre laser en riant, puis l'examine de plus près.

– Peut-être, répond la femme avec un sourire narquois.

Honesty l'a vue à bord du *Steady Wing*. Elle était déguisée en employée de maintenance et a salué son père lorsqu'ils se dirigeaient vers leur cabine, après une rapide visite de Port-Haileap. Ces deux-là ont détruit volontairement le vaisseau.

Ils voulaient que des gens meurent : ce sont vraiment des individus de la pire espèce.

Honesty reprend courage. Il se redresse pour s'asseoir sur la rampe et regarde le pirate dans les yeux. Il va mourir comme un guerrier, pas comme un petit garçon.

– Eh bien, tu vas devoir attendre, lance l'Aqualish à sa comparse en empochant le sabre laser. Tu as bien dit qu'il y en avait d'autres dans le coin ?

– J'en ai vu quatre au total, plus une droïde de protocole. Il y avait aussi une humaine et une Mirialan, mais je ne les ai pas vues dans la jungle quand j'ai trouvé celui-là, dit la femme en indiquant Imri. Est-ce qu'on part en chasse ?

– Non, répond le pirate, qui se tourne vers Honesty, les yeux luisant d'un éclat maléfique. Laissons-les venir à nous.

CHAPITRE 20

Dès que Vernestra se réveille, elle sent que quelque chose ne va pas. La grotte semble différente, étrangement vide, inhabitée. Elle s'assied et remarque aussitôt qu'Imri et Honesty sont partis. Avon dort à côté de la droïde silencieuse. La Jedi se lève d'un bond et réveille la jeune fille.

– Non, c'est censé être un connecteur à voltage ambivalent… Hein, quoi ? Vern ? dit Avon, qui se redresse en se frottant les yeux. Il y a un problème ?

– Les garçons sont partis, répond la Jedi, l'estomac noué par la peur. Je pense qu'ils sont allés s'occuper seuls des pirates.

– Évidemment, parce qu'ils sont complètement débiles, grogne Avon.

Elle se lève, s'étire, puis fait glisser sur ses yeux les électrolunettes restées sur son front.

– Je suppose qu'on doit aller les chercher sans même prendre de petit déjeuner ?

– Tu réagis bien calmement, s'étonne Vernestra en croisant les bras.

– Vern, mets-toi à la place des Nihil. Ils veulent nous tuer, non ? Ils ont donc tout intérêt à nous attirer jusqu'à eux. Imri et Honesty vont probablement bien, pour l'instant. En tout cas, ils n'ont pas éliminé les pirates.

– Comment le sais-tu ?

– Hier soir, j'ai passé SD en mode sentinelle avant d'aller me coucher, au cas où, explique Avon en tapotant un bouton sur le côté de ses électrolunettes. Il a suivi Imri et Honesty quand ils sont partis ce matin, juste avant l'aube. Il est toujours dans le coin, un peu plus bas sur la colline, près d'un transport de marchandises endommagé.

La jeune fille appuie sur un autre bouton, puis relève les lunettes sur le sommet de son crâne.

– Comment ce rocher a-t-il fini dans le flanc du cargo ? demande-t-elle.

Vernestra hausse les épaules, même si elle sait pertinemment que c'est Imri qui l'a fait rouler, quand il a essayé d'utiliser la Force, le jour de leur arrivée. D'après la Jedi, le fait qu'il se soit écrasé contre l'appareil des pirates, les empêchant de quitter Wevo, indique que la Force est de leur côté. Quand elle est équilibrée, la Force tend naturellement vers la justice. Sans cet énorme bloc de pierre qui a détruit la moitié de leur vaisseau, les Nihil auraient pu s'en tirer à bon compte.

Avon fixe longuement Vernestra, avant de hausser à son tour les épaules.

– OK, garde tes secrets, Jedi. Ce qui compte pour l'instant, c'est la manière dont nous allons sauver ces crétins, avant que les pirates décident de les achever. Nous sommes deux.

– Nous sommes trois, intervient J-6, qui a quitté son coin de la grotte et approche à grands pas.

– Je ne pense pas qu'une droïde soit très utile au combat, dit Vernestra.

– Dans ce cas, c'est une chance que je ne sois pas une droïde ordinaire.

Le compartiment central de J-6 s'ouvre et plusieurs bras mécaniques en jaillissent, armés de blasters de différentes tailles.

– Je suis aussi programmée pour la protection, la surveillance et la défense.

Un autre bras articulé sort du dos de J-6, soutenant un canon longue portée, et Vernestra cligne des yeux, avant de se tourner vers Avon.

– Heu, oui, j'imagine que j'aurais dû te parler des blasters, dit la jeune fille avec un sourire penaud. Ma mère est vraiment très protectrice.

Vernestra inspire, puis souffle.

– Bon, eh bien, voyons comment nous allons sauver nos amis.

Vernestra, Avon et J-6 se dirigent vers l'endroit où Imri et la Jedi ont observé les pirates la veille. Leur progression est lente : la droïde marche beaucoup moins vite que les autres et le terrain accidenté rend sa progression encore plus difficile. Avon la regarde et fronce les sourcils.

– Une fois de retour à Port-Haileap, on t'ajoutera des propulseurs, dit-elle. C'est énervant.

– Hum, je n'avais jamais pensé à ça, mais j'apprécierais quelques mises à jour. Je vous ferai une liste.

Vernestra observe avec étonnement cette droïde qui n'en fait manifestement qu'à sa tête. Les modifications apportées par Avon l'ont rendue plus vivante que robotique… Cependant, la Jedi doit remettre ses réflexions à plus tard, car elles arrivent en vue du cargo.

Elles se cachent toutes les trois derrière un énorme buisson violet, aux feuilles géantes en forme d'étoiles.

– Où est ton droïde éclaireur ? demande Vernestra.

– Dans l'arbre, là-bas, répond Avon, qui indique une branche proche, avant de baisser ses électrolunettes sur ses yeux. Je l'ai passé en mode furtif avant de partir. Voyons voir, on dirait qu'Imri et Honesty sont attachés sur la rampe de chargement.

Elle retire les lunettes.

– J'aimerais vous faire remarquer que mon hypothèse était juste, précise-t-elle.

Vernestra soupire, irritée.

– Et les Nihil ? Tu les vois ?

Avon remet ses lunettes et hésite, avant de secouer la tête.

– Je ne repère personne d'autre, pas le moindre signe de vie.

– Ils sont là, quelque part, dit Vernestra.

Elle est certaine que les pirates sont proches : leur présence lui picote le crâne, comme une fausse note dans la parfaite harmonie de Wevo.

– Nous devons simplement les débusquer, ajoute-t-elle.

– Je m'en occupe, dit J-6.

Aussitôt, la droïde s'élance d'un pas saccadé vers le vaisseau en émettant d'étranges petits bruits mécaniques. Impuissante, Vernestra la contemple avec des yeux ronds.

– Qu'est-ce qu'elle fait? demande-t-elle.

– Je pense qu'elle simule un dysfonctionnement, répond Avon.

– Tu sais que c'est bizarre, hein?

– Bizarre ou merveilleux? Vern, c'est une des choses les plus fascinantes que j'aie jamais vues. Les droïdes peuvent se reprogrammer seuls si on leur en laisse la possibilité! Ce n'est pas rien!

Vernestra soupire et dégaine son sabre laser.

– Reste ici.

Avon ouvre la bouche pour protester, puis se ravise.

J-6, qui a atteint l'arrière du vaisseau, grimpe à l'intérieur. À cet instant, les deux pirates jaillissent des fougères géantes où ils s'étaient cachés.

C'est exactement ce qu'attendait Vernestra. Cependant, avant qu'elle puisse faire le moindre geste, J-6 s'arrête et déploie ses nombreuses armes.

– Ne bougez pas, bande de vermines ! lance la droïde.

Les Nihil s'immobilisent.

– Ça ne faisait pas partie du plan, souffle Vernestra.

– Elle improvise ! murmure Avon. J-6 s'adapte au fur et à mesure ! C'est encore mieux que ce que j'espérais.

Des tirs de blasters interrompent leur conversation.

– Reste à couvert et n'interviens pas ! crie Vernestra.

Les décharges carbonisent les feuilles autour d'elle et ricochent sur J-6, qui ne bronche pas.

– Très bonne idée, réplique Avon en s'enfonçant dans les buissons.

Vernestra active son sabre laser et s'élance, utilisant la Force pour se propulser entre les troncs. Derrière elle, Avon pousse un cri de surprise, mais la Jedi n'a pas le temps de se soucier de la jeune fille. Elle doit sauver Imri et Honesty, et neutraliser les pirates.

Le rôle d'un Chevalier Jedi est beaucoup plus exigeant qu'elle ne le pensait.

Quand elle émerge de la jungle, l'Aqualish la repère et lui tire dessus. Elle utilise son sabre laser pour parer les décharges, puis se baisse et balaie les jambes de son opposant. Ce dernier bascule, son blaster lui échappe : Vernestra écarte l'arme d'un coup de pied, avant de puiser dans la Force pour projeter le pirate contre un arbre. Il heurte les branches, puis perd connaissance et s'affale au pied du tronc.

Vernestra n'a pas le temps de savourer sa victoire. La femme la plaque par-derrière et elle tombe à plat ventre dans la boue. L'impact lui coupe le souffle. Elle a lâché son sabre laser ; elle fait appel à la Force et pousse. Elle décolle du sol, avec la femme dans son dos. La Jedi retombe sur ses pieds. Contrairement à la femme aux cheveux magenta.

Cela ne suffit pas : la pirate tient toujours son pistolet, dont le canon est braqué sur Vernestra. La Mirialan appelle son sabre laser, même si elle sait que c'est sans espoir. Cependant, au lieu de tirer, la Nihil écarquille les yeux et se met à trembler. Elle laisse tomber son arme et porte la main à sa gorge. Vernestra secoue la tête.

– Ce n'est pas moi qui fais ça…, murmure-t-elle, décontenancée.

Sa confusion disparaît quand elle voit Imri descendre la rampe du vaisseau. Il appelle son sabre laser, qui jaillit de la poche de l'Aqualish. Derrière lui, J-6 a rangé ses armes. Penchée sur Honesty, elle est occupée à défaire les liens du garçon.

– Non, répond Imri, le front plissé par la concentration. C'est moi qui fais ça.

– Tu dois la relâcher, Imri. Cela ne te ressemble pas. La noirceur t'envahit. Cette soif de vengeance, cette rage ? C'est le chemin qui mène au côté obscur !

– Maître Douglas est mort à cause d'elle. Je suis désolé, Vernestra, mais je ne peux pas prendre le risque qu'elle fasse du mal à quelqu'un d'autre.

La femme cesse de se débattre, sa vie s'enfuit. Vernestra sait qu'elle n'a pas le temps de convaincre Imri. Elle puise dans la Force et s'en sert pour soulever le Padawan et le projeter dans la jungle, par-dessus le transport de marchandises. La Nihil retombe sur le sol, au moment où Avon arrive en courant, sortie de sa cachette.

– Qu'est-il arrivé à Imri ? demande-t-elle, l'air terrifié.

– La colère l'attire vers le côté obscur de la Force. Je dois l'aider avant que cela n'empire. Toi et J-6, occupez-vous des pirates. Quoi que vous fassiez, ne nous suivez pas.

La poitrine de J-6 s'ouvre ; elle braque un blaster sur l'Aqualish inconscient, et un autre sur la femme aux cheveux magenta, qui est en train de tousser.

– Si vous bougez, vous êtes morts.

La Nihil tousse de plus belle et lève les mains, en signe de soumission.

Vernestra serre les doigts sur son sabre laser et disparaît dans la jungle, en direction du Padawan. Elle ne va pas laisser Imri succomber au côté obscur.

CHAPITRE 21

Imri se redresse pour s'asseoir sur le sol en grognant. Vernestra l'a projeté comme un jouet pour enfant. Il est aussi impressionné que furieux. Par chance, il est tombé sur des fougères particulièrement touffues, et seul son orgueil a été blessé. La Jedi l'a si facilement dominé… Mais cela ne se reproduira plus.

Il aura sa vengeance. Et si Vernestra essaie de l'en empêcher, elle regrettera sa décision.

Au moment où il dégaine son sabre laser, la Mirialan apparaît devant lui, sa peau verte se détachant sur les plantes plus foncées qui l'entourent. Des mèches de cheveux se sont échappées du nœud qui les retenait et elle brandit son sabre laser violet, en position de garde.

– Imri, arrête. Tu ne vas pas tuer ces pirates.

– Vous faites erreur. Je vais les tuer. Et si vous ne me laissez pas passer, je vous tuerai d'abord.

Les mots qui sortent de la bouche d'Imri semblent être ceux d'un autre. Il n'a pas vraiment l'intention de tuer Vernestra, si ?

La culpabilité l'envahit. La Jedi a toujours été gentille avec lui, mais, depuis la mort de son maître, le Padawan n'a plus personne pour le guider. Il a une dette envers Douglas : les Nihil doivent payer pour leurs crimes.

Alors Imri décide de faire face à Vernestra. Il la tuera si elle ne le laisse pas s'occuper de cette humaine méprisable et de cet horrible Aqualish. Ils ne méritent pas de vivre, et il va s'occuper de leur cas.

– Poussez-vous. Je dois le faire. Pour Douglas.

– C'est la dernière chose qu'il aurait voulue.

– Poussez-vous ou c'est moi qui vous pousse, réplique Imri d'une voix plate.

L'expression de Vernestra se durcit.

– Soit, Padawan. Voyons ce que tu vaux.

Imri active son sabre laser. Pour une fois, la lame est stable, d'un bleu intense, ce qui lui donne confiance. Il va montrer à la Jedi qu'elle a eu tort de le sous-estimer, comme tous les autres.

Il charge, poussé par sa colère et le côté obscur de la Force.

Vernestra pare facilement ses attaques. Elle est peut-être plus puissante et mieux entraînée, mais Imri fait une bonne tête de plus qu'elle. Elle combat en silence, sa lame bloquant celle du Padawan, encore et encore, repoussant tous ses coups. Quoi que tente Imri, elle ne plie pas. Alors il puise dans la Force et pousse.

Rien ne se passe. Vernestra refuse de bouger.

L'expression de la Mirialan se durcit encore. Elle s'élève dans les airs et exécute un saut périlleux arrière pour éviter le coup suivant. Imri s'élance vers l'avant, déterminé à abattre la Jedi, mais pousse un cri de surprise. Quelque chose lui brûle le dos de la main, l'obligeant à lâcher son sabre.

Vernestra se tient face à lui, son arme transformée en fouet laser. Quand Imri tend le bras vers son arme, le fouet claque sur le sol, laissant un sillon grésillant dans la terre, à quelques centimètres de ses doigts. Il fait une nouvelle tentative, mais cette fois le fouet de Vernestra s'enroule autour du pommeau du sabre, le découpant en deux moitiés fumantes.

– Ça suffit, Imri. Ça suffit ! Tu as utilisé la Force de manière agressive en étranglant cette femme ! Douglas n'aurait jamais souhaité ça, sans parler de Jedi qui se battent entre eux !

En entendant le nom de son maître disparu, Imri gronde de colère. Il n'a peut-être plus de sabre laser, mais il peut encore se battre. Il puise dans la Force. Ce faisant, sa colère, qui était aussi alimentée par la fureur d'Honesty, commence à décroître. L'espace d'un court instant, il sent la main de son maître se poser lourdement sur son épaule.

Être un Jedi, c'est se fier à la Force. Or les voies de la Force sont mystérieuses, Imri. Nous l'acceptons et faisons de notre mieux, mais nous ne devons pas oublier qu'au bout du compte, tout est toujours ainsi que l'a voulu la Force.

La voix de Douglas a beau n'être qu'un souvenir, elle semble plus réelle que cela. Toute la rage d'Imri disparaît et il tombe à genoux, plongeant sa tête entre ses mains. Il ne sent même plus la colère qui habitait Honesty, comme si le garçon avait lui aussi perdu son désir de vengeance. Le Padawan n'a pas envie de pleurer : il veut être en colère. Cependant, sa peine est la plus forte.

– Ce n'est pas juste, sanglote-t-il. Non, ce n'est pas juste. Douglas était bon, bienveillant et fort... Pourtant, ces gens l'ont tué, et pourquoi ? Pour rien !

– On va les interroger sur leurs motivations, Imri. Et tu as le droit d'être en colère. Mais si tu te laisses envahir par cette émotion, elle te mènera tout droit au côté obscur. Nous pouvons présenter ces pirates à la justice, mais le résultat ne dépend pas de nous. Nous servons la Force, et la Force ne choisit pas de camp.

Vernestra lui tapote l'épaule, avant d'aller ramasser son sabre laser brisé. Le Padawan éprouve une honte intense. Il a commis une erreur, une erreur qu'il va mettre beaucoup de temps à réparer.

– Viens, dit Vernestra. Allons demander à ces pirates pourquoi ils ont détruit le *Steady Wing*.

CHAPITRE 22

Quand Vernestra et Imri reviennent au transport de marchandises, J-6 finit d'attacher les Nihil grâce à une série de nœuds batuuans compliqués que sa maîtresse lui a appris à Port-Haileap. Le Padawan semble abattu. Lorsqu'Avon lance un regard interrogateur à la Mirialan, cette dernière hoche la tête.

Tout va bien. Pour l'instant.

Avon indique l'Aqualish et l'humaine, allongés sur le pont, à l'intérieur du transport. Ils sont tous les deux conscients et jettent des regards noirs aux Jedi qui approchent.

– Je me suis dit que le plus sûr était de les attacher, car je ne savais pas quand vous alliez rentrer, explique J-6. J'ai également mis en place un signal de détresse, diffusé sur les canaux de la République et des Jedi. J'ai aussi envoyé un message au temple de Dalna et à Port-Haileap. Avec un peu de chance, quelqu'un les captera. En temps normal, nous devrions avoir rapidement une réponse, mais, dans ce secteur, qui sait ? Cela peut prendre des jours, voire des semaines.

– J'ai aussi envoyé un message à la capitale dalnan, ajoute Honesty en se frottant la nuque. J'ai pensé qu'ils pourraient nous aider avec les Nihil, puisque le gouverneur a déjà eu affaire à eux.

Le garçon refuse de croiser le regard d'Avon ou de s'adresser directement à elle. La jeune fille se dit qu'il est vexé d'avoir été sauvé. Partir éliminer quelqu'un et se retrouver pris en otage, c'est plutôt embarrassant. Il aurait dû analyser ses options de manière plus rationnelle. Avon s'abstient de tout commentaire, l'orgueil blessé du jeune homme est une punition suffisante. Cependant, elle espère qu'il a compris la leçon : la violence n'est pas toujours la solution.

Vernestra hoche la tête et fait signe à Imri de s'asseoir dans un coin, près de quelques caisses d'expédition. Il s'exécute, sans un mot. Avon s'apprête à le rejoindre, mais la Jedi l'arrête.

– Laisse-le tranquille. Il a besoin de réfléchir.

– Que lui est-il arrivé ?

Avon a été choquée par la violence du garçon, quand il s'est opposé à Vernestra.

– Un Jedi doit toujours rester vigilant, se méfier des leurres du côté obscur. La douleur d'Imri l'a submergé et l'a poussé à prendre de regrettables décisions.

Avon regarde le Padawan en se mordant la lèvre inférieure.

– Il va avoir des ennuis ?

– Je ne sais pas.

– Bande de sales mynocks ! Vous avez intérêt à nous libérer avant qu'on se fâche pour de bon ! gronde l'Aqualish derrière elles.

Avon et Vernestra se retournent. La jeune fille fait un pas en avant, mais la Jedi lève la main.

– Si tu permets.

La Mirialan se dirige vers les pirates attachés et s'accroupit pour regarder l'Aqualish droit dans les yeux.

– Dis-moi comment tu t'appelles, ordonne-t-elle.

Une sensation étrange parcourt Avon. Elle a vaguement envie de répondre à Vernestra, de lui dire son nom. Elle chasse cette sensation, mais le pirate, lui, se met à parler.

– Gwishi des Nihil. Je suis le chef de cette Foudre.

– Qui sont les Nihil, au juste ? De simples pirates ? demande Avon, en devançant la question de Vernestra.

Ce que la Jedi a fait à l'Aqualish pour qu'il coopère fonctionne toujours. Il se redresse, bombant le torse.

– Nous sommes plus puissants que cela. Les pirates nous envient. Les Nihil vont là où ils veulent, font ce qu'ils veulent et prennent tout ce qu'ils veulent. Nous sommes nombreux et forts, et seuls les plus forts doivent survivre : ainsi va le monde.

Vernestra penche la tête.

– Dans ce cas, pourquoi avez-vous détruit le *Steady Wing* ? Qu'aviez-vous à y gagner ?

Gwishi ne dit rien, se contentant de secouer la tête. La Jedi agite sa main devant ses yeux, lentement, et répète sa question, mais il refuse de répondre.

– Nous ne voulions pas que Dalna rejoigne la République, dit la femme derrière lui.

Gwishi jure en aqualish et J-6 glousse.

– Cette insulte était particulièrement gratinée. Voulez-vous que je la traduise ?

– Non, dit Vernestra.

– Oui ! s'exclame Avon au même moment.

La jeune fille est sur le point de protester, mais le regard sévère de la Jedi l'en dissuade. Elle serre les lèvres et lève les mains, vaincue.

– Pourquoi ne voulez-vous pas que Dalna rejoigne la République ? demande Honesty, qui semble sorti de nulle part.

Il s'avance vers la femme. Elle le fusille du regard, pleine de morgue.

– Parce que c'est *notre* secteur. Si les croiseurs de la République se mettent à patrouiller dans cette zone de l'espace, nous ne pourrons plus rien faire. Mais, désormais, les Nihil sont en guerre contre les Jedi et la République : vous allez connaître la véritable étendue de notre colère ! Une tempête se lève, vous regretterez de vous être opposés à nous. Les forts survivent, les faibles meurent.

Honesty dévisage la femme pendant un très long moment, avant de hocher la tête.

– Eh bien, nous allons devoir vous en empêcher. Et vous ne pourrez plus nuire à personne.

Il se détourne et repart vers la soute, où il s'assied sur une caisse. Avon regarde Vernestra, puis se dirige vers le garçon et s'installe à côté de lui.

– Je suis désolée pour ton père, dit-elle.

Ne sachant trop quoi faire, elle lui tapote maladroitement le genou.

– Tu penses que ta mère pourrait m'obtenir une audience auprès du Sénat ? demande-t-il après un long silence.

– Je ne sais pas, peut-être. Pourquoi ?

– J'aimerais leur raconter en personne ce que ces Nihil – ou quel que soit leur nom – ont fait à mon père et à mes amis.

Une larme coule sur la joue du garçon et Avon passe les bras autour de ses larges épaules, le réconfortant de son mieux.

– Honesty, je vais me débrouiller pour que tu puisses t'adresser au Sénat. Je te le promets.

Un long silence s'installe, puis le garçon finit par la prendre à son tour dans ses bras. Avon comprend alors qu'ils sont devenus amis et elle le serre encore un peu plus fort.

Deux jours après la capture des saboteurs Nihil, des Jedi viennent secourir Avon, Imri, Honesty et Vernestra. L'attente a été calme, mais tendue.

La batterie de SD-7 a fini par rendre l'âme et Avon a tristement rangé le droïde dans son sac, en se disant que, la prochaine fois, elle devra penser à emporter des batteries de rechange. N'ayant pas besoin de dormir, J-6 a pu se recharger dans le vaisseau des pirates. Elle a fait les cent pas autour des Nihil avec ses blasters, tirant en l'air à chaque fois qu'ils avaient l'air trop à l'aise. Elle semble prendre plaisir à utiliser ses armes, un peu trop au goût d'Avon.

Quand ils auront rejoint la civilisation, la jeune fille va devoir recalibrer *très légèrement* la programmation de la droïde. Pas assez pour qu'elle retrouve son état originel, mais suffisamment pour éviter qu'elle ne s'échauffe au mauvais moment.

Les Jedi qui viennent à leur secours sont un Trandoshan, Maître Sskeer, et sa Padawan, Keeve Trennis, qui reviennent de la planète Shuraden. Quand ils arrivent dans la clairière, suivis par les forces de sécurité de la République, Avon est prise d'un léger vertige. Le Maître Jedi a un bras en moins et la jeune fille brûle de savoir comment il l'a perdu.

– Tu sais que les Trandoshans peuvent régénérer leurs membres ? souffle-t-elle bruyamment à Honesty.

Le garçon, qui s'est habitué aux conférences spontanées d'Avon, lui lance un petit sourire.

– S'il te plaît, n'interroge pas le Maître Jedi sur son bras manquant, dit Vernestra, dont la capacité à deviner ce qu'elle pense horripile la jeune fille.

– Je n'en avais pas l'intention. Je voulais juste lui demander combien de temps il va mettre à repousser.

Cependant, la Mirialan se dirige déjà vers leur sauveur.

Avon rejoint Imri dans son coin, au fond du vaisseau nihil. Le garçon a à peine ouvert la bouche depuis son combat contre Vernestra, et, quand il parle, il cherche ses mots, comme s'il avait peur de ce qu'il pourrait dire. Pendant que J-6 surveillait les prisonniers, Vernestra a gardé un œil sur Imri. Honesty et Avon se demandent ce qui a pu se passer entre eux. La jeune fille sait que c'est en rapport avec le côté obscur et la manière dont il peut égarer un Jedi, le rendre mauvais, mais elle n'a guère plus de précisions. Et Vernestra s'est assurée qu'elle ne puisse pas découvrir la vérité.

La Mirialan parle avec le Maître Jedi : Avon n'aura que quelques instants pour discuter avec le Padawan.

– Bon, j'imagine que c'est la dernière fois qu'on se voit, dit-elle en s'asseyant près de lui. On dirait que tu as de sacrés ennuis.

– Et encore, tu es gentille.

– Qu'est-ce qui t'est arrivé ?

Imri hausse les épaules.

– Un Jedi est censé comprendre que la haine et la colère sont trop destructrices, et qu'il ne doit pas se laisser envahir par ces sentiments. Je l'ai oublié et cela m'a conduit à faire des choix terribles.

– Comme essayer de combattre Vern ?

Imri sourit pour de bon.

– Ouais, c'était vraiment stupide.

Avon soupire.

– Tout le monde commet des erreurs. Ils ne vont pas te chasser des Jedi pour autant, si ?

Imri secoue la tête.

– Non, je ne crois pas. A priori, je vais devoir retourner dans un temple pendant quelque temps, pour reprendre certaines parties de mon entraînement, dit le Padawan en serrant les paupières, comme s'il luttait pour retenir ses larmes. Je ne pense pas avoir la trempe d'un Jedi.

– *Pff*, n'importe quoi, réplique Avon en donnant un coup d'épaule au garçon beaucoup plus grand qu'elle. Quand je suis arrivée à Port-Haileap, c'est toi qui as fait le plus d'efforts pour que je me sente à l'aise. Tu es quelqu'un de bien, Imri. Les Jedi ont de la chance de te compter parmi leurs rangs.

Il renifle et hoche la tête.

– Merci, Avon. Ça me fait du bien d'entendre ça.

– Et puis, si tu veux, je peux te garder ton sabre laser, le temps que tu ailles mieux !

Imri s'esclaffe.

– Je ne l'ai plus. Vern l'a pris après notre combat. De plus, il est cassé. Il est complètement hors service.

En entendant ces mots, Avon a du mal à contenir son excitation. Elle ne s'attendait pas vraiment à ce qu'Imri accepte sa proposition, mais elle s'attendait encore moins à mettre la main sur un sabre endommagé. C'est l'idéal : si personne ne se soucie de cette arme, personne ne remarquera sa disparition.

Alors, quand Vernestra est occupée avec le nouveau venu, qu'Honesty parle avec Imri et que J-6 attend une occasion de tirer sur les Nihil, Avon se précipite sur le sac de la Jedi.

Un jour, la science la remerciera pour cet acte douteux. Elle en est persuadée.

De plus en plus de Jedi arrivent, se taillant un chemin à travers la jungle. Ils finissent par acheminer un cargo speeder, afin de transporter tout le monde jusqu'à leur vaisseau. Entre-temps, Avon a trouvé les pièces du sabre laser d'Imri dans le paquetage de Vernestra et les a discrètement glissées dans son sac à dos, près de SD et d'un sachet de ragoût de joppa.

Au moins, cette aventure aura eu de bons côtés.

JEDI

CHAPITRE 23

Vernestra regarde par l'une des nombreuses baies d'observation du Flambeau Stellaire. Ils sont arrivés à temps pour l'inauguration. Ils sont rentrés en moins de deux jours du Système Haileap, en empruntant quelques hypervoies qui n'ont pas été touchées par la récente catastrophe. D'après les rapports, les Jedi interviennent toujours sur les Émergences, mais le pire est passé.

Quand ils sont arrivés à proximité de la station spatiale, le Flambeau brillait comme une étoile bienveillante, d'une lumière blanche, chaude et accueillante. La flèche centrale clignotait, alternant lentement les couleurs de l'arc-en-ciel, et les vaisseaux approchaient en lignes organisées. La station spatiale va améliorer les communications, fournir une escale aux voyageurs fatigués et aider les Jedi à effectuer leurs missions pour la paix. Elle a été conçue dans les moindres détails pour affirmer la majesté de la République et la lumière des Jedi, et sa simple vue a soulagé Vernestra d'une partie de ses doutes et de ses craintes. Elle ne sera jamais Maître Douglas, mais elle fera de son mieux, comme elle l'a toujours fait.

La Jedi ne s'inquiète pas pour le reste du groupe. Avon et Honesty ont déjà annoncé leur volonté d'explorer chaque centimètre du merveilleux Flambeau Stellaire avant de partir, et ils auront le temps de le faire. Avon est excitée à l'idée de passer un peu de temps dans les labos du Flambeau avant de retourner à Port-Haileap. Vernestra est sereine, en paix. Ils ont survécu à la destruction du *Steady Wing* et capturé les responsables de cette tragédie. Honesty pourra plaider sa cause face au Sénat.

Cependant, Vernestra ne se réjouit nullement de ce résultat. Elle ne peut s'empêcher de penser à la ferveur des Nihil, à leur volonté de faire la guerre aux Jedi. Ils sont convaincus de pouvoir agir à leur guise, au point de saboter un vaisseau. Des centaines de civils innocents ont péri à bord du *Steady Wing*, et ce drame va se répercuter dans toute la galaxie, attisant la peur et la colère. Même si la République et Dalna contre-attaquent, elles demanderont l'aide des Jedi. C'est leur rôle, et Vernestra a fait le serment d'être prête quand on fera appel à elle. Voilà pourquoi elle ne se réjouit pas vraiment d'avoir quitté Wevo pour retrouver la civilisation.

De plus, il reste le problème d'Imri. Sans maître, que va devenir le Padawan ?

– Tu n'es pas tranquille, Vernestra.

Ces mots ont été prononcés avec un sifflement : une voix reconnaissable entre mille.

La Mirialan se retourne ; Maître Sskeer se tient sur le seuil de la salle d'observation. La Jedi lui sourit et s'écarte de la baie vitrée pour le rejoindre. Elle trouve ses conseils utiles et apaisants. Même si elle n'a plus vraiment besoin d'être guidée, elle apprécie de pouvoir parler à quelqu'un.

– Je m'inquiète pour Imri, dit-elle en soupirant.

Depuis qu'ils ont quitté Wevo à bord du *Radiant Blessing*, le jeune homme est resté renfermé sur lui-même. Personne n'a réussi à communiquer avec lui. Il s'est complètement coupé de ses émotions et Vernestra se dit que l'Ordre risque de perdre un de ses apprentis.

– Alors tu devrais le prendre comme Padawan, répond calmement Maître Sskeer.

En entendant ces mots, Vernestra a l'impression de recevoir un sac rempli de pièces de droïdes en pleine figure.

– Quoi ? Que voulez-vous dire ? Je lui ai déjà fait défaut sur Wevo. Si j'avais été mieux préparée, il n'aurait jamais cédé complètement à la colère. Il aurait pu basculer du côté obscur.

Le Maître Jedi rit doucement.

– La Force est plus compliquée que cela, tout comme les émotions des êtres vivants. La plupart des Jedi ont été tentés par le côté obscur. C'est naturel.

Mais nous résistons à cette tentation. Ce n'est pas une période difficile qui peut nous faire basculer, il faut avancer de manière délibérée vers les ténèbres. Être un Jedi, c'est choisir la lumière, encore et encore.

Vernestra lâche un soupir.

– Je le sais, tout au fond de moi, mais je ne vois pas comment l'expliquer à Imri alors qu'il est empli de doutes.

– Vernestra, insiste Sskeer en levant la main vers elle d'un air implorant. Si Imri a pu retrouver le chemin de la lumière, c'est uniquement grâce à ton aide. Tu es un Chevalier accompli et tu devras de toute façon choisir un Padawan. Pourquoi pas maintenant ?

– Je vais y réfléchir.

– Ah, et maintenant tu te laisses mener par tes propres doutes !

Vernestra rit.

– Je suppose que oui.

Pendant un moment, ils regardent par la baie d'observation, les yeux fixés sur la lumière qui brille au sommet du Flambeau. Puis Vernestra prend congé de Sskeer et va rejoindre Imri.

Elle sent sa présence dans le jardin de méditation et le trouve assis sur un banc, près d'un bassin rempli de poissons bioluminescents. Leur nage résonne comme un chant joyeux dans la Force vivante. Le son est très beau et Vernestra sourit, se réjouissant de leur allégresse.

Quand il la voit, Imri relève la tête d'un air coupable.

– Je vais avoir des ennuis ?

La Jedi fronce les sourcils.

– Qu'est-ce qui te fait dire ça ?

– J'ai senti que vous pensiez à moi, mais les émotions étaient emmêlées. J'en ai conclu que j'allais avoir des problèmes.

Vernestra secoue la tête et s'assied sur le banc à côté d'Imri.

– Non, tu ne vas pas avoir de problèmes. Je t'ai déjà dit que tu ne serais pas puni pour ce qui est arrivé sur Wevo.

– Pourtant, j'ai absorbé la colère d'Honesty, je l'ai laissée alimenter ma propre fureur, et je me suis battu avec vous. J'ai eu tort sur toute la ligne.

– En reconnaissant tes erreurs et en voulant t'améliorer, tu suis la voie des Jedi, Imri. L'Ordre Jedi ne va pas t'exclure pour un seul faux pas. Ça ne marche pas comme ça. Si c'était le cas, il ne resterait plus personne. J'ai eu peur sur Wevo, parce que je ne pensais pas être capable de t'aider. Je n'ai pas osé te parler. Mais je pense désormais que nous pouvons former une bonne équipe. Si tu ne trouves pas ça trop bizarre, j'aimerais que tu deviennes mon Padawan.

Comme Imri reste silencieux, Vernestra lui adresse un sourire encourageant.

– Je ne suis pas Maître Douglas, mais il avait raison à ton sujet : tu deviendras un jour un formidable Jedi, car tu es prêt à t'adapter, à évoluer.

– Vous le pensez vraiment ?

Des larmes coulent sur les joues pâles du garçon et Vernestra passe un bras autour de ses épaules.

– Bien sûr. On pourra commencer ton entraînement juste après l'inauguration.

Imri hoche la tête, souriant pour la première fois depuis plusieurs jours.

– Je ne vous décevrai pas.

– Je le sais, répond Vernestra avec un sourire.

Pendant quelques instants, ils observent simplement le jardin.

– Pensez-vous que nous devrions nous inquiéter au sujet des Nihil ? finit par demander Imri.

Vernestra reste un long moment silencieuse, puis inspire et souffle lentement.

– Ils sont vraiment dangereux : je pense que nous n'avons encore rien vu. Mais ne t'inquiète pas. Nous sommes des Jedi. Quand ils frapperont de nouveau, nous serons prêts.

ÉPILOGUE

Kara Xoo se rencogne dans le siège de commandement de son vaisseau, le *Poisoned Barb.* Elle regarde l'holo et grince des dents. Il date de la semaine précédente et provient de la lisière du Système Haileap. Il a été envoyé par Klinith Da, l'une des humaines que Kara apprécie le moins. Sur l'enregistrement, Klinith parle trop vite et paraît terrorisée. Si cette femme était une Quarren, comme Kara, elle saurait garder un air féroce en toutes circonstances. Au lieu de cela, une myriade d'émotions passe sur son visage : elle ressemble moins à une Nihil qu'à une proie.

– *Nous nous sommes retrouvés coincés sur une petite lune que nous avons identifiée comme étant Wevo. Je suis persuadée qu'elle est maudite, mais Gwishi affirme que c'est seulement parce qu'il y a quelques jeunes Jedi ici. Nous allons nous en occuper, ne vous inquiétez pas. Le massacre du* Steady

Wing *ressemblera à un accident hyperspatial de plus. Pas de témoins, pas de problèmes.*

Kara se tourne vers le Weequay qui se tient près d'elle. Elle a oublié le nom du petit fantassin et n'essaie même pas de s'en souvenir. Il est dans sa salle de commandement uniquement parce qu'il faisait partie de la Foudre envoyée à la recherche de Gwishi et Klinith.

– Tu es sûre qu'il n'y avait aucune trace d'eux ? demande-t-elle.

Le Weequay acquiesce.

– Seulement l'épave du vaisseau que nous les avons aidés à voler.

– Très bien. Va-t'en.

Kara se lève et étouffe un juron. Comme la plupart des Nihil de son Orage, elle porte une tunique, un pantalon et de lourdes magnébottes, tous noirs et tous volés. Elle a récemment perdu un de ses tentacules faciaux lors d'une bataille ; le moignon brille d'une lueur bleutée, seule touche de couleur sur sa peau rouge brun. Elle sait qu'elle est imposante, surtout debout, et la nervosité du Weequay qui se dépêche de quitter la pièce la réjouit.

Elle attend qu'il soit parti pour se mettre à faire les cent pas. Autant éviter que le menu fretin ne voie sa nervosité. Avec Klinith et Gwishi, c'est la septième Foudre que Kara perd en sept jours. Elle a envoyé une bonne partie de ses troupes à Kassav, sur son ordre, mais n'en a plus jamais entendu parler. Sans Foudres, son Orage perd de la puissance et, au premier signe de faiblesse, un autre Orage viendra les éliminer.

Telle est la voie des Nihil.

Kara doit faire quelque chose. Elle lisse un de ses tentacules en marchant. Elle doit regarnir ses rangs, et vite, se débrouiller pour que son Orage paraisse moins vulnérable. Ils ont essayé de recruter de manière classique, en écumant les cantinas ou par l'intimidation, mais ce processus est trop lent. Kara a besoin d'augmenter sa force de frappe plus rapidement.

Il y a quelques jeunes Jedi ici…

Kara cligne des yeux tandis qu'une idée germe dans son esprit. Elle regagne son siège et appuie sur un bouton.

– Pere, combien d'écoles y a-t-il sur Dalna ?

Après quelques parasites, la réponse retentit dans la comm.

– *Heu… environ une centaine. Pourquoi ?*

Kara se cale contre son dossier. Si elle était humaine, elle sourirait ; à la place, elle laisse onduler ses tentacules faciaux.

– On a du recrutement à faire.

Elle va montrer à la République et aux Jedi ce dont les Nihil sont capables. Kassav et les autres Maîtres-Tempête seront fiers d'elle. Et, quand elle en aura terminé avec le Secteur Dalnan, il ne restera plus que des cendres.

FIN

JEDI

TABLE